인동꽃
아이

인동꽃 아이

4·3을 등에 진 할머니의 생애

글 · 그림 **강양자**

한그루

목차

수록 시

다시 한번 세상과 만나고 싶다

　2007, 8년경 구술작업에 대한 제안을 받았다. 제주4·3위원회 후유장애인 불인정에 대한 재심을 신청하고 행정소송을 하는 과정을 도와주던 선생님의 제안이었다. 나는 다른 사람들에게 이런 구차한 이야기를 알리고 싶지 않다고 한사코 반대했다. 그러자 그분이, 증언하기는 부정적인 기억으로부터 스스로를 해방하는 '자기 치료의 기능'이 있다는 말로 나를 설득해서 결국 구술을 하게 되었다. 당시 나는 행정소송까지 패소하면서 충격을 받아 집에 칩거해 우울증에 시달리고 있었다.

　행정소송과 구술작업 과정에서 만난 제주4·3연구소의 고성만, 김명주 연구원이 글을 많이 쓰라고 격려해 주었다. 행복했던 어린 시절을 보내다 4·3으로 인해 평생을 고통받으며 살아온 사람도 있다는 것을 세상 사람들에게 알리는 교육 자료가 된다고 했다.

　그래서 달력 뒷장에 낙서하듯이 글을 쓰기 시작했다. 몸이 자주 아프니까 나 스스로 좀 치유가 되려나 하는 마음이 컸다. 그러면서 4·3

이전 아름다운 산촌의 유년 이야기를 글로 쓰고 그림을 곁들이면 좋겠다는 생각이 들었다. 오랜 세월의 풍파를 그래도 지금만큼 견뎌온 것은 그 시절의 아름다웠던 기억의 조각들 덕분이었다는 것을 새삼 깨닫기도 했다. 10여 년 전 김명주 연구원이 달력에 쓴 낙서 글을 컴퓨터에 입력해주었다. 두 분께 감사의 마음을 전하고 싶다.

이후 4·3재단의 문학상 공모에 응모했다가 떨어지고 낙심해서 한동안 글쓰기를 중단하기도 했다. 2009년 4·3연구소가 발간한 구술 자료집 『그늘 속의 4·3』에 나의 구술 기록이 실리게 되었고, 허영선 소장님께서도 글을 계속 써보라며 격려해주기도 했다.

2019년 5월부터 이제윤 요가 선생님이 일주일에 한 번씩 집으로 오셔서 요가를 가르쳐주게 되었다. 선생님에게 내가 쓴 글을 보여드리고 그간의 이야기를 하니 써온 글들을 책으로 내면 좋겠다며 어린 시절의 추억을 그림으로 그려 책에 함께 넣자고 했다.

요가 선생님 소개로 서른 살의 젊은 황신비 선생님을 만나 80의 나이에 난생처음으로 어린 시절의 풍경을 그림으로 그렸다. 아무 기초도 없이 그리는 수채화는 생각보다 쉽지 않았고 원하던 것의 절반에도 못 미쳤다. 황신비 선생님과 7개월 동안 그림 작업을 하면서 나도 힘들었지만, 선생님도 80이 된 할머니에게 그림을 지도하느라 무척 애를 먹었을 것이다. 두 분 선생님께 감사드린다.

서툰 글이 문장이 되도록 도와주신 고혜경 선생님, 책이 나오기까지 손을 보태주신 권유연 선생님, 한그루 출판사, 제주4·3연구소 허영선 소장님… 그 밖에 도움을 주신 많은 분들께도 감사의 인사를 드린다.

장차 나의 이야기가 한 권의 책이 된다고 하니 한편으로 두렵고 한편으로는 무척 기쁘다. 이 책을 통해 다시 한번 세상과 만나고 싶다.

강양자

4·3의 진실이 진실에 닿기를
그날의 '인동꽃 아이'에게

허영선(제주4·3연구소장)

　그만의 섬에서 그를 만났습니다. 여기, 이 책은 그의 일생입니다. 온몸을 4·3에 데인 4·3희생자 강양자 님의 고백과 그림들은 마침내 우리에게 건네는 말할 수 없던 말들입니다. 그를 만나던 날, 4·3 천둥 번개 치고 커다란 구덩이에 굴러떨어지는 악몽에 시달린다는 그에게 내가 할 수 있는 말이란 없었던 것을 기억합니다.

　감성 예민했던 일곱 살 인동꽃 아이가 이제 여든의 인동꽃 할머니가 되었습니다. 인동꽃 따고 말려서 만수당 약국에 달려가 5환 받고 연필 사던 날이 세상 기뻤다는 그 아이가 이 책에 있습니다. 아마도 그는 삶을 위해 책을 읽고, 그림을 그리고, 꿈을 잊지 않았는지 모를 일입니다.

　그가 유독 반짝이던 순간은 그의 유년의 풍경을 구성하는 요소들인 꽃과 생명체들을 떠올리던 때였던 것을 기억합니다. 그 대목에선 붓꽃 인동꽃 산딸기 물방개 솔개 소 닭 등이 뛰쳐나와 내면 속 아이를 꿈틀거리게 하고 있었습니다. 허나, 그러한 복사꽃 광령리 외가 그 아름다운 연못의 풍경은 그날의 기억 이전의 일이었고, 곧 저 다채로운 기억의 구름 저편에서 돌아눕는 것조차 힘들던 한 사람이 있음을 알게 됩니다.

그 시대의 재일제주인들처럼 해방이 되자마자 일본에서 부모와 귀향할 때까지만 해도 행복했던 오사카 태생의 소녀 요시코였습니다. 4·3의 위험을 직감하고 밀항으로 재도일한 부모와의 생이별, 그 이후의 삶은 그에게 상상할 수 없는 것이었습니다. 4·3 와중에 외할아버지를 찾으러 외할머니와 나갔던 손녀는 언덕에서 미끄러지면서 돌무더기에 깔려 등을 다쳤고, 그건 생을 덮치는 일이 되었습니다. 아이의 다친 등으로는 자라면서 콩알만 한 등뼈가 조금씩 튀어나오더니 모든 꿈을 앗아갔습니다.

토벌대에 끌려간 외할아버지의 희생, 소개령으로 외도리에 잠시 이주했던 외삼촌과 외할머니마저 1949년 1월 외도지서에 차례로 연행되어 희생됩니다.

4·3이 그늘 밖으로 나왔으나 그는 여전히 그늘 속입니다. 4·3의 진전에 힘입어 4·3시기 후유장애를 입은 이들에 대해 국가는 심사를 통해 생존희생자로 인정했으나 그는 후유장애인으로 인정받지 못했습니다. 2007년 불인정 받은 날, 그는 국가가 날 의심하는구나 생각했다고 했습니다.

"눈으로 직접 본 것이 아니기에 믿지 못하는 것이 정상이겠다. 그런데도 너무 분하고 억울한데 무슨 말을 할 수 있었겠습니까."

많은 어두운 요소들이 그의 등을 훑고 지나갔습니다. 올해 초 보내온 그의 편지를 보니, 그는 간간이 흩어지는 마음을 다시 잡으려는 의지로 초연했습니다. 어느 날 산산조각 나버린 삶의 한복판에서 그가 할 수 있는 일이란 스스로 마음의 정원을 가꿔가는 일이었을 것이기에.

어쩌면 그의 이 책은 인정받지 못한 한 4·3생존희생자의 일생 저작물인 셈입니다. 세상에 전하고 싶은 말들을, 그 덩어리들을, 타인의 시선, 따뜻했던 기억, 멈춰버린 4·3 이전의 고운 기억들, 슬픔과 상처를 평생 지탱하게 해준 운명적인 사랑까지 토해놓고 있습니다. 그리곤 자신의 등뼈를 마주 보라고 말합니다. 믿어주지 않지만 우리가 믿어야 할 진실인 것들이 있습니다. 그것이 바로 4·3입니다. 안타깝지만 언젠가 믿어야만 할 곳에 그 진실이 닿을 것이라 생각합니다. 아직도 4·3희생자이면서 희생자라 못 하는 이들이 우리들 곁에 있기에.

이 책은 인동꽃 아이가 보내는 잃어버린 한 시대, 인간의 존엄이 무너졌던 4·3의 진실을 향한 작지만 따가운 메시지입니다. 그럼에도 아름다움과 사랑의 힘이 고통의 언덕을 건너 그를 살아내게 했음을 느낍니다. 그의 이야기가 그를 의심했던 것들에 닿기를 바랍니다.

바라건대, 이제 그만 등에 진 돌덩이의 그 무거움에서 조금 가벼워지길 빕니다.

제 1 부

제주 산촌의 추억

광령 집의 아이

　제주시 애월읍 광령2리. 한라산 중턱에 있는 이 중산간 산골 마을에 깃든 어린 시절 기억들. 그 보물 같은 기억들을 어찌 한순간인들 잊을 수 있을까?

　광령 마을의 외갓집은 안채와 바깥채를 갖춘, 넓은 초가집이었다. 안채와 바깥채 사이에는 너른 마당이 있었는데 한쪽으로 댓돌이 있었고 다른 쪽으로는 통시(화장실)와 두엄(거름)을 쌓아두는 움막, 외양간도 있었다. 그 한쪽으로는 멍석을 걸어두고 쟁기며 삽이나 곡괭이, 갈쿠리(갈퀴), 호미, 낫 같은 농기구를 넣어 두었다.

　너른 마당에는 보릿짚이 깔려 있었다. 낱알을 털어낸 보릿대를 마당에 널어 두었다가 다 마르고 나면 통시에 갈무리해 두엄으로 쓰기 위해서다. 이 보릿대 덕분에 마당에서 놀다가 넘어져도 다치지 않았고 비가 와도 질퍽거리지 않아서 어린 나에게는 최고의 놀이터였다.

소반놀이

밖거리 귀퉁이에 고레 방석을 펴고
복숭아 꽃잎, 찔레 꽃잎으로 쟁반을 만들어
앵두도 담고 삼동도 담으면
찌약찌약 병아리가 와서 맛보네
아침 손님 땅강아지도 찾아오네

이 집에서 나는 혼자 잘 노는 착한 아이였다. 병아리 모이며 돼지 밥도 주고 소반놀이(소꿉놀이)를 할 때면 상을 차려서 병아리에게 주기도 하고.

정낭(대문 대신 집 입구 양쪽에 구멍을 뚫은 돌을 세워 나무를 가로로 걸쳐 놓아 집에 사람이 있는지 없는지를 표시하는 것) 너머 조금 나가면 집 앞에는 예쁜 붓꽃이, 담장 밖에는 키가 큰 칸나, 부용화, 싸리꽃, 사루비아 꽃들이 서 있었다. 안거리(안채) 뒤편 우영팟(텃밭)에는 앵두나무, 복사꽃 나무, 삼동나무(상동나무), 들장미와 갖가지 채소들이 자라고 있었다. 정낭 너머 연못으로 가는 돌담 옆에 도랑물이 흐르고 물가에는 키가 큰 칸나, 붓꽃, 수선화가 흰색, 분홍색으로 예쁘게 피어 있었다.

그 길을 조금 더 가면 길 가운데 연못이 있었는데 연못 가장자리에는 커다란 실버들이 서 있고 연못에는 여릿꽃(연못가에 피는 풀꽃), 연꽃들이 피어 있었다. 개구리, 올챙이, 맹꽁이, 나비며 무당벌레 그리고 실잠자리나 물방개, 물거미, 소금쟁이까지, 이름 모를 생물들이 많이 살고 있었다.

봄이 되어 온갖 꽃들이 피어나면 광령 집은 향기로 가득 차고, 벌과 나비들의 잔칫집이 되었다. 앵두나무, 복사꽃이 만개한 우영팟이나 밖거리(바깥채) 귀퉁이에 고레 방석(맷돌 밑에 까는, 짚으로 만든 방석)을 펴놓고 소반놀이를 했다. 복숭아 꽃잎이나 찔레 꽃잎으로 쟁반을 만들어 앵두도 담고 곰딸기도 담아 손님으로는 병아리를 부르

고 풀벌레, 방아깨비, 풀무치 같은 곤충들도 초대해 나누어 먹도록
했다.

　소반놀이를 하다 심심해지면, 경단 모양의 동그란 쇠똥을 뒷다리
로 굴리고 가는 쇠똥구리를 방해하기도 하고 땅강아지를 못살게 굴
기도 했다. 어떤 날은 다른 쇠똥구리의 경단을 몰래 훔쳐 가는 쇠똥
구리를 혼내주기도 했다. 그 마당에선 쇠똥구리, 땅강아지와 함께 병
아리도 좋은 친구가 되었다.

　연못가에서는 배 타고 엄마 아빠한테 간다고, 실버들이나 댓잎으
로 배를 엮어 물 위에 띄우기도 했다. 아기 잠자리가 천둥벌거숭이처
럼 다니다 버들 배에 사뿐히 내려앉는데 물방개가 이리저리 밀고 다
니면 버들잎 배는 이내 물에 잠기곤 했다. 실버들 가지에 앉은 새가
조용히 매미를 노려보던 장면도 생각난다. 연못 위에 크고 둥근 보름
달이 뜨면 달을 함지박에 담아달라고 할아버지를 졸랐던 일도 모두
광령리 집 연못가의 추억들이다.

병아리와 지렁이

비 오는 날 어미 닭은
마당의 보릿짚을 헤집고
지렁이를 잡는다

어미 닭이 병아리들에게 주니
지렁이로 줄다리기를 하나,
서로 먹겠다고 힘껏 당기는구나

구경하던 아이가 혼잣말을 한다
"나누어 먹으면 좋을 텐데"

솔개와 병아리

솔개가 병아리를 채간다
어미 닭이 솔개를 쫓는다
나도 소리치며 싸릿대를 휘젓는다
솔개가 병아리를 채갔다
어미 닭도 나도 마음이 아프다
남은 병아리들을 닭장에 몰아넣는다
병아리들은 답답하다고 찌약찌약

무지개 세던 들판

언제부턴가 밭일 가는 할아버지를 따라 나갔다. 우렁이 소를 타고 밭에 가면 땅거미가 질 때 워낭소리를 철그렁대며 소를 타고 집으로 돌아왔다. 아이는 한시도 가만히 있지 못했다. 할아버지를 따라다니며 잔심부름도 하고, 우렁이 소한테 풀도 뜯어다 주고, 풀꽃으로 화관을 만들어 단발머리에 두르고는 워낭소를 타고 이랴이랴 으스대기도 하고. 보리밭 깜부기(병들어 까맣게 된 이삭)를 뽑다 말고 푸른 보리를 구워 먹다가 까끄라기가 입천장에 붙어서 입에서 피도 났었다.

들로 오름으로 정신없이 뛰놀다 보면 갑자기 소낙비가 쏟아진다. 하늘에는 높이 무지개가 뜨고 빨강, 주황, 노랑, 초록… 다 세기도 전에 구름 속으로 들어가 버린다. 젖은 저고리, 통치마를 말리겠다고 또 뛰고 구르고….

왜 그리 궁금하고 신기한 것이며 예쁘고 고운 것들이 많았는지. 친할머니와 살던 납읍에서였던가. 새하얀 목화꽃을 따먹고 들장미며 찔레꽃 빠알간 열매도 단맛인지 떫은맛인지 모르고 먹고 나니 혀끝이 아려서 혼났다.

찔레 가시에 찔려 손가락에 피가 흘러도 아픈 줄을 몰랐는데, 산담(무덤 둘레에 쌓은 돌담)의 할미꽃을 보면 불쌍하다는 생각이 들었다. 나비도 벌도 날아와 앉지 않는 할미꽃. 어쩌면 나처럼 근심 걱정이 있어 아래로 고개를 떨군 채 피어 있는 걸까?

코뚜레 소가 돌리는 연자방아 뒤를 빙글빙글 돌며 목화솜 꽃을 따먹던 일, 목화솜을 씨아틀(목화의 씨를 빼는 기구)에 넣고 씨를 뺀 다음 물레에 돌려 실을 뽑던 일이 신기하고 재미있었다. 여러 겹 꼰 실을 아주까리기름에 심지로 담그면 반딧불이처럼 반짝거리며 방 안을 밝힌다. 풀숲 반딧불이는 만져도 뜨겁지 않고 어두운 풀숲을 반짝이며 날아다녔었지.

아이는 제주의 하늘, 바람, 들꽃 그리고 온갖 생명들과 더불어 동트는 아침부터 땅거미 지는 저녁까지 즐겁고 천진스러운 시절을 보냈다. 그러나 할미꽃에 공감하던 근심 걱정이 그 작은 가슴에 깃들어 있었다. 제주의 어떤 것도 엄마 아빠에 대한 그리움을 대신해 줄 수는 없었다.

무지개

들판에서 뛰놀다
소낙비 만나
저고리 통치마 다 젖고
하늘에는 높이 무지개
빨강, 주황, 노랑, 초록…
아직 더 세야 하는데
얄미운 구름이 가려버리네

씨아와 물레

새하얀 목화꽃
이쁘고 신기해서 따먹어보면
떫은 건지 단 것인지
혀끝이 아리네

목화솜을 따다가 씨아틀에 넣으면
씨를 잘도 뱉어내고
씨 뱉은 목화솜을 물레에 돌리면
졸졸졸 실이 나오네

씨아틀

실을 여러 겹 꼬고 또 꼬면
아주까리기름 심지가 되고
심지에 불을 붙이면
반짝반짝 반딧불이가 들어왔나?
방 안이 온통 환해지네

풀숲 반딧불이는 만져도 되지만
목화솜 반딧불이는 앗 뜨거!

부모와의 생이별

　나는 1942년경 일본 오사카에서 태어나 이마무라 요시코라는 이름으로 살다가, 서너 살 무렵이던 1945년 해방되는 해에 부모님을 따라 제주도로 오게 되었다. 아버지는 일본에 머물고 싶었지만 '조센징(조선인. 일제강점기에 한국인에 대한 멸시의 의미로 사용)'이라는 이유로 차별과 탄압에 시달릴까 두려워 일본에서 버티지 못하고 결국 귀국했다고 한다.

　그러나 중산간 땅을 일구어 농사지으며 사는 것이 엄두가 안 나서, 귀국한 이듬해, 아버지는 어머니에게도 알리지 않고 은밀히 다시 일본에 갈 방법을 찾고 있었다고 한다. 가지고 있던 일본 채권으로 배를 사려고 알아보느라 아버지의 바깥 출입이 잦아지자 어머니는 다른 여자를 만나는 것으로 의심했다. 아이는 외가에 맡겨둔 채 아버지를 찾아 해안과 포구를 다 뒤지고 다니다 어렵사리 만나게 되었다.

아버지는 혼자서 몰래 배를 구해서 포구에 닻줄을 길게 늘여놓고 앉아서 술을 마시다가 어머니를 만나게 되자 "집에 가서 아이를 데리고 보따리를 꾸려서 오라."고 했다. 그때는 이미 어두워져서 초소마다 경찰이 총을 메고 해안을 삼엄하게 경비하고 있었다고 한다. 어머니는 집으로 오다가 생각해 보니 집에 가서 짐을 싸고 나를 데려오려면 시간이 꽤 걸릴 것 같아 결국 포기하고 아버지가 있는 곳으로 되돌아갔다.

어머니를 기다리고 있던 아버지는 주변에서 갑자기 총소리가 나자 겁이 나서 묶여 있던 닻줄을 끊고 그냥 가려고 했고, 그 장면을 보게 된 어머니는 바닷물에 뛰어들어 겨우 배에 올라탈 수 있었다. 더는 배를 멈출 수 없었고 그렇게 나는 부모님과 헤어지게 되었다.

아버지는 혹시 일이 틀어질까 염려하여 어머니에게도 할머니에게도 일본에 갈 계획에 대해 발설하지 않았기에 그날 이후 외가에서는 상황을 전혀 알지 못하고 그저 하루하루 기다릴 뿐이었다. 초저녁부터 나를 재워놓고 아버지를 찾으러 나간 엄마까지 사라졌으니 내가 할 수 있는 건 아버지한테 가겠다는 말뿐이었다. 그렇게 해서 나 이마무라 요시코는 친구도 부모도 없이 조선말도 모르는 채 외가에서 지내게 되었다.

아버지는 힘들고 고생이 되어도 죽을힘을 다해 일본에 정착하여 생활을 시작했다. 그러나 일본에서 동생들을 낳고 살면서도 두고 온 나 때문에 늘 마음이 아팠다고 한다. 해방 이후 제주에서는 4·3사건이 터지고 혼란스러운 상황은 곧 6·25전쟁으로 이어져 마음대로 고향을 오갈 수도 없고 딸을 데려갈 수도 없는 딱한 상황이었다.

할미꽃

어려서도 할미꽃
늙어서도 할미꽃

엉겅퀴도 풀꽃들도
흰나비며 호랑나비
동무가 있는데

산담의 할미꽃
홀로 앉아 있구나

지나는 바람이 슬쩍
보슬보슬
솜털을 건드릴 뿐

어려서도 할미꽃
늙어서도 할미꽃

근심 걱정 있어서
고개를 푹 숙였나

외할아버지의 사랑

부모님은 없었지만, 외할아버지는 손녀를 사랑으로 돌봐주셨다. 나는 줄곧 할아버지 곁에서 이런저런 심부름을 했다. 밭일하러 가실 때는 따라가기도 하고.

나를 위해 짚신을 삼아 주실 때는 여린 발바닥이 짚에 찔릴세라 헝겊 조각을 섞으셨다. 손재주가 있었던 할아버지는 볏짚으로 우비도 만들어 주시고 내가 커서 물항아리를 넣어 등짐을 지고 물길러 다니던 물구덕도 할아버지가 만들어 주셨다. 나무 조각을 다듬어 소반놀이 쟁반이나 인형도 만들어 주셨는데 일본에서 가져온 인형도 있었지만 할아버지가 만들어주는 장난감이 더 신기하고 재미있었다. 부모 생각에 우는 손녀를 위로하는 마음이었으리라.

할아버지의 옛날이야기를 듣다가 잠이 들던 밤, 담배를 피우시던 할아버지가 기억난다. 할아버지는 우영팟 한 고랑에 직접 담배를 재배하셨다. 담뱃잎을 외양간 그늘에 잘 말려 작두로 썰어서 곰방대에 꾹꾹 눌러 담은 후 부싯돌로 불을 붙여 담배 연기를 내뿜으면 빠끔빠끔 별이나 동그라미 모양이 그려지곤 했다.

연초 잎사귀는 넓어서 비를 가리기에 안성맞춤인데 비 오는 날 연초 잎사귀 한 잎을 떼어 머리에 썼다가 호되게 혼난 적이 있다. 연초 잎이 비에 젖으면 곰팡이가 생겨서 아무리 잘 말려도 담배로 피울 수 없기 때문이다. 그러나 할아버지의 야단도 아이의 호기심을 누를 수는 없었다. 한번은 몰래 부싯돌을 만지다가 손가락을 크게 다칠 뻔했다.

밭일 가셨던 할아버지가 땅거미가 내려앉고 저녁노을이 지고 나서야 동구 밖부터 워낭소리를 철그렁거리며 오시면, 소 등에는 등짐이 잔뜩 얹혀 있고 우렁이가 먹을 꼴도 한 짐이었다. 할아버지와 소달구지를 타고 자갈돌 길을 갈 때면, 달구지 바퀴는 덜그럭 덜그럭, 워낭은 딸그랑 딸그랑거리며 박자를 맞추곤 하던 소리가 아직도 기억난다.

할아버지가 만들어준 물구덕

유수암 샘물

달구지 바퀴와 워낭의 화음은, 외가가 있던 광령리에서 친가가 있던 유수암으로 가는 길에서도 난다. 달구지를 타고 유수암 샘물을 길러도 다녔다. 비록 곁에 부모는 없었지만, 광령에서 유수암으로, 또 나중에 친가가 이사한 납읍리로 워낭소 달구지를 타고 누빌 때는 행복했던 것 같다.

유수암 집 옆으로는 도랑물이 마치 잠자는 아기처럼 새근새근 흐르고, 주위에는 수선화와 붓꽃 향이 퍼져 있었다. 자연 그대로의 순수하고 맑으면서 시원하고 상큼한 물맛은 지금의 냉장고 물이나 삼다수와는 견줄 수 없을 만큼 다디달았다. 배가 터지도록 마시고 푸성귀도 씻고 빨래도 하고 멱도 감고. 비누 없이도 얼마나 깨끗한지…. 워낭소 달구지를 타고 물을 길러 갈 때는 물허벅(물항아리)을 물구덕(물허벅을 담는 바구니)에 담고, 나무 물통, 양동이, 바가지, 병 등

등 물을 담을 수 있는 그릇들은 죄다 싣고 간다. 물을 담아오면 한 방울이라도 흘릴세라 부엌 커다란 물독에 조심스레 쏟아부었다가 뚜껑을 조심스레 열어 조금씩 마시곤 했다. 광령은 물이 유수암만큼은 좋지 않아 우물이나 냇물, 집 앞 연못 물을 떠다가 청소도 하고 허드렛물로 썼다.

그러나 이제는 유수암 물도 더러워지고 흐르지도 못한 채 끊긴 지 오래다. 성안(제주시)으로 이사를 온 후론 광령리 외갓집에 오랫동안 가지 못했다. 오랜 세월이 지난 후 가보았더니 집이고 연못이고 온데간데없었다. 연못은 메워져 넓은 도로가 생기고 집은 먼 친척분이 슬레이트 지붕으로 개조를 했다. 넓은 마당이며 우영팟, 복사꽃나무, 앵두나무들은 흔적 없이 사라지고 이제는 오로지 내 기억 속에 저장되어 있지만 그조차 아련하다.

유수암 샘물

덜그럭 덜그럭 딸그랑 딸그랑
워낭 달구지 타고
유수암 샘물 길으러 가는 길

항아리, 허벅 주전자, 바가지 다 싣고
달구지는 덜그럭 덜그럭
워낭은 딸그랑 딸그랑
유수암 샘물을 길으러 간다

수선화 붓꽃 향기가 바람결에 흩어지는 곳
잠자는 아기처럼 새근새근
조용히 도랑을 흐르는 샘물

시원하고 다디단 유수암 샘물을
고이고이 길어다
부뚜막 물항아리에 담아두고

나도 한 모금
병아리도 한 모금

오도짱*을 기다리며

과자 사러 돈 벌러 갔다는 아버지
할아버지 말 잘 듣고 잘 놀고 있으면
금방 데리러 온다는데

열 밤 자면 온다더니
열 손가락을 꼽아도 오지 않고
스무 밤 자면 온다더니
열 손가락을 두 번 접어도 오지 않네

백 날이 되면 온다더니
마루 문에 그은 숯검뎅이
백 개가 되어도 감감 무소식

거짓말쟁이 할아버지는
또 백 날을 말하며
울지만 않으면 온다고

오도짱, 이제 울지 않을게요
울지 않고 재미있게 놀고 있으면
금방 데리러 온다는 말 맞지요?
할아버지 말 맞지요?

* '아버지'를 의미하는 일본어. 필자가 출생 후 5세까지 일본에 거주했기에
  아버지를 이런 애칭으로 불렀다.

제 2 부

4월의 아픔을 등에 지고

낯선 사람들

　조용한 산촌 마을이 어느 날부턴가 뒤숭숭해지기 시작했다. 어릴 때 받은 충격 때문인지 지금도 뚜렷이 그때 기억이 난다. 어느 날 외할머니, 외할아버지는 들일을 나가고 혼자 소꿉놀이를 하며 놀고 있는데 이상한 사람들이 기다란 막대기를 들고 나타나 외양간이며 이곳저곳을 찔러보고 다녔다. 이 긴 막대기가 죽창이란 건 나중에 알게 됐다. 그 사람들은 무서운 얼굴로 누구랑 살며 어른들은 어디 있느냐고 물었다.

　그 후부터는 혼자 집에 있는 게 정말 싫었다. 새벽부터 외할아버지, 외할머니가 밭에 나가면 무조건 따라가려고 나섰다. 그러면 할머니는 '너 혼자 집에 있어라. 나쁜 사람 다녀도 너 잡아가거나 그러지 않는다.'라며 말리셨다. 함부로 바깥에 나다니면 의심받던 시절이라 위험해서였을까? 아무튼, 집에 혼자 있다 보면 낯선 사람들이 집에

와 조사한다면서 군인이 있느냐, 순경이 있느냐, 어른이 있느냐, 없느냐 하며 느닷없이 큰 소리를 질러대는 일이 잦았다.

그때는 예닐곱 살이어서 말도 잘 못 할 때였다. '할아버지 할머니는 밭매러 나가서 나 혼자밖에 없다.'고 바들바들 떨며 개미 목소리로, 그것도 조선 말도 아닌 일본말로 대답했다. 그 사람들은 외양간에 모아둔 달걀이나 부엌의 고구마를 먹기도 하고 주머니에 쑤셔 넣고는 다시 오겠다고 말하고 일어섰다. 그러면 그 사람들한테 말했다. 왜 남의 걸 가져가느냐고. 남의 것을 가지거나 남에게 폐를 끼치지 않도록 교육을 받아선지 남한테 폐를 끼치는 그들의 모습이 싫었던가 보다. 지금도 가끔 그 낯선 사람들의 목소리가 환청으로 들리기도 한다.

땅거미가 지고 동구 밖에서 워낭소리가 나면 뛰쳐나가 할머니 할아버지를 맞았다. 어른들 말로는 그 사람들이 산에 살고 있는 '폭도'라고 했다. 그게 누구냐고 할머니에게 물으니 "저기 산에서 사는 사람이다."라고만 대답하기에 그런가 보다 했다. 그때는 낯선 사람이 집에 오면 '아 폭도로구나. 산에서 사는 사람인가 보다. 이 사람들이 오늘은 또 뭘 가져가려고 왔는가?'라고만 생각했다.

한번은 밭일 가는 외할아버지를 따라갔다가 저녁 늦게 집에 와 보니 정낭이 큰 길가에 널브러져 있고 집 안에는 사람들이 다녀간 흔적이 있었다. 닭이며 돼지도 없어지고. 어느 날은 이웃의 커다란 소까지 가져갔다고 했다. 그렇게 사람들은 불안에 떨며 집안에 꼭꼭 숨어 지내야만 했다. 산에 오가던 사람들이 귀띔하는 이야기들은 우리를 더욱 불안하게 했다.

　친할머니에게 나중에 들은 말로는, 친가가 있는 납읍리의 사정도 비슷했다고 한다. 4·3 바로 전에는 호열자라 부르던 전염병, 콜레라까지 성했는데 할머니도 그걸 앓아서 머리카락이 심하게 빠졌다고 한다. 거기서도 산사람들이 밤에 몰래 산에서 마을로 내려와 닭이나 먹을 것을 가져갔다고 한다.

광령리 산촌 마을

해 뜨면 밭일하고
땅거미 지면 늦은 저녁 지으며
복사꽃 얼굴로 도란도란
댓잎 소리처럼 속삭이는 곳

아이들은 마음껏 뛰놀고
노인들은 즐겁게 일하며
세월을 적은 달력 없이도
사계절은 저절로 해를 이루는 곳

초목이 무성하면 봄인 줄 알아
쟁기질해서 씨 뿌리고
나무가 시들면 바람이 매서울 줄 아는
산과 들과 이웃과 조용히 살아가던
광령 마을 사람들

대문도 도둑도 거지도 없는 곳
예쁜 것이 아주 많은 곳
복사꽃 얼굴로 도란도란
댓잎 소리처럼 속삭이던 그 곳

등에 떨어지던 돌무더기들

　그러던 어느 날, 그날도 여느 때처럼 늦은 저녁을 먹고 동구 밖에 나가 외할아버지를 기다렸다. 오지 않는 할아버지를 꾸벅꾸벅 졸며 기다리다 지쳐 집으로 돌아왔다. 깜빡 잠이 들었는데 외할머니의 걱정하는 소리에 깨었던가. 외할아버지는 그때까지도 돌아오지 않았다. 불안한 외할머니는 외할아버지를 찾아 나서기로 했다.

　"할머니, 나도 갈래."

　천둥 번개가 치고 비가 퍼붓는 캄캄한 밤에 혼자 집에 있기가 무섭고 싫었다. 외할머니와 나는 밭으로 들로 오름으로 숲으로 죄다 찾아봤지만, 할아버지는커녕 할아버지의 흔적도 찾을 수가 없었다. 하는 수 없이 집으로 발길을 돌렸다.

　나는 다리도 아프고 허기도 져서 외할머니 등에 업히게 되었다. 그러나 할머니인들 무슨 기운이 있었을까? 캄캄한 빗속에서 아이를 업고 걷던 할머니는, 무장대가 탑처럼 쌓아놓은 돌무더기가 뒤에서 쏟아지면서 넘어지고 말았다. 등에 업혀 있던 아이는 내동댕이쳐져 멀찍이 곤두박질치고 만다. 아이의 등으로 돌무더기가 쏟아졌다.

"요시코! 요시코!"

빗속을 더듬으며 아무리 불러도 아이는 대답이 없었다. 겨우 찾아 들쳐업고 빗길을 내려와 집에 데려다 눕혀놓았지만, 한 달이 넘도록 겨우 숨만 쉴 뿐이었다. 온몸에 열이 펄펄 끓었지만 의원을 찾아다닐 형편도 상황도 아니었다. 함부로 나다니면 산사람들과 연락하러 다니는 사람으로 의심을 받을 수도 있었다. 집 옆 연못에 늘어진 칡넝쿨이나 생버들을 뜯어다가 온몸에 찜질하며 지켜보는 수밖에 없었다. 달포가 지나자 아이는 조금씩 의식을 되찾기 시작했다. 그러고도 여름이 될 때까지 찜질이 계속됐던 것 같다.

아이를 방에 눕혀놓고 미음과 물을 옆에 놔둔 채, 외할머니는 생사라도 확인했으면 좋겠다며 남편을 찾아다녔다. 아는 사람이건 모르는 사람이건 만나는 사람마다 외할아버지 소식을 물어보고 다녔는데 그때 누군가 '저기 소나무밭에서 누구한테 끌려가는 걸 봤다.'고 말해주었다. 끌려간 장소를 묻고 물어 산속 깊은 곳에서 겨우 할아버지의 시신을 찾았다고 한다. 4·3이 몇 개월 지난 다음에야 언제 어떻게 돌아가셨는지 알 수 없는 시신을 찾아 집 근처에 가매장했다고 한다. 다정하던 외할아버지와 나의 인연은 그렇게 끝나고 말았다.

그 뒤로 소개령(해안에서 5km 이상 중산간지역에 내려진 이동 명령)이 내려지고, 외가도 하귀리인지 외도리인지로 소개를 가게 되었다. 당시 나는 걷지도 못하고 말도 제대로 못 해 같이 데려갈 수가 없어서 조금 안전한 이웃에 잠시 맡겨졌다. 그러나 몸까지 다쳐 걸어다니지도 못하는 남의 집 아이를 이웃에서도 계속 봐줄 수가 없었다. 수소문해서 납읍리의 친할머니에게 데려다주었다. 아픈 아이를 침이라도 맞게 해주고, 아버지만 찾으니 부모를 만나도록 돌봐달라고, 은혜를 잊지 않겠다고 외할머니가 무릎을 꿇고 부탁했다고 한다. 그때가 여덟 살 때였다.

소개된 후 외가 소식은 친할머니에게 들었다. 외동아들이자 막내였던 외삼촌은 당시 열몇 살이었는데, 소개된 곳에서 경찰에게 죽었고, 그로부터 한 달 후 외할머니도 지서에 끌려가 총에 맞아 죽었다고 한다. 일본에서 중학교에 다니며 사진반을 하다가 온 외삼촌은 카메라를 들고 여기저기 나돌아다녔었다. 시냇가에서 소반놀이하는 흑백사진을 몇 장 찍어 읍내에서 현상해 보여주기도 했는데, 신기하고 재미있었다. 시냇가에 앉아 흐르는 물에 조약돌도 씻고 "시냇물이 아기 잠자는 것처럼 조용히 흘러가네." 하며 혼잣말을 할 때 외삼촌이 찍어 준 것이었다. 내가 울면 달려오곤 하던 외삼촌. 외할아버지 따라 밭에 가는 사진을 찍어준다고 했었는데…. 그 뒤로 외삼촌은 영영 볼 수 없게 되었다.

광령리 외가는 토벌대가 마을 전체에 불을 질러 온데간데없이 사라졌다고 한다. 남은 사람들은 뿔뿔이 흩어지고. 외할머니만 살아계

셨어도 지금 내 모습은 달라져 있지 않을까? 외가 식구들이 몰살되며 불타버린 광령 집과 더불어 나의 행복했던 유년 시절도 허무하게 사라져버렸다.

유년의 기억

봄이면 푸른 하늘 높이 노고지리 날고
따뜻한 햇살은 들판을 입맞춤하네
먼 산 아래 밭갈이하는 농부
훠어이! 이랴!
해지기 전 저 사래 긴 밭을 갈아엎자

코뚜레 꿴 워낭소리
먼 산을 쩌렁쩌렁 울리네

아이가 살았던 산촌 집은 불탔네
검붉은 연기 담장을 넘나들고,
대나무 딱총처럼 따닥딱 따따닥
터지는 소리
할아버지가 만들어 준 소꿉놀이하던 나무 솥단지
바구니도 다 타버렸네
왜 불을 질렀을까 온 마을 전체를
아이는 속상하고 분한 마음뿐

콩알만큼씩 튀어나오는 뼈

납읍의 친가에 온 후에는 허리가 몹시 아프고 머리와 등까지 아팠다. 열이 펄펄 끓으며 식은땀으로 옷이 젖곤 했다. 친가에는 할머니와 고모가 계셨지만 매일 밭일을 나가 늦은 저녁에 돌아오시기에 울어도 돌봐주는 사람이 없었다. 아예 걷지를 못하니 따라나설 수도 없기에.

아픈 아이가 혼자 있는 집, 산사람들은 낮이건 밤이건 어른 없는 집에 와서 먹을 것을 몽땅 가져가곤 했다. 아이는 사람 기척이 나면 무서워서 조용히 울기만 할 뿐 움직일 수가 없었다. 어느 날은 낯선 사람이 와서, "배고픈데 뭐 먹을 거 없냐?"라고 물었다. "저기 부엌에 큰 가마솥, 커다란 거 있잖아요. 전 힘 없어서 그거 움직일 수도 없어요." 하니까, 그 사람도 불안했는지 가마솥 뚜껑을 열어 먹을 것을 꺼내더니 집에서는 먹지 않고 보자기에 다 싸서 가져갔다.

밭일 갔다 늦게 돌아온 할머니는 아이가 살았는지 죽었는지 살폈다. 앓아누운 아이한테 "죽을 거면 빨리 죽고 살 것이면 꼼지락거려 보아라. 죽이라도 먹어야 산다."라고 호통을 치셨다. 나는 "등이 아파요."라고 개미만 한 목소리로 호소할 뿐이었다. 묽은 죽이라도 조금씩 먹으니 그 통증과 고열 속에서도 정신이 났다. 죽이라도 먹어야 산다는 친할머니 말씀이 지금도 내 뇌리에 박혀 있다. 그 후론 일어나 걸어보려 했으나 똑바로 서지도 못하고 무릎을 짚은 채 앉은뱅이처럼 겨우 움직이게 되었다.

어느 날 방에서 부뚜막까지 가서 죽을 먹으려는데 웬 낯선 사람이 부뚜막에 앉아 밥을 먹고 있어 놀란 나머지 그만 정신을 잃고 말았다. 그날은 반나절이 안 되어 친할머니께서 집에 오셨기에 침을 맞고 붉은색의 경면주사(놀랄 때나 체기를 내릴 때, 열을 내릴 때 쓰는 한방 약재)라는 약도 먹고 나서 겨우 살아났다고 한다. 아침에 밭에 가며 손녀 머리맡에 죽을 놓고 오지 않아서, 움직이지 못하는 손녀가 배고플까 봐 걱정되어 일찍 돌아오신 것이었다.

내가 납읍으로 갔을 당시는 4·3이 끝났다고는 하나 아직 산에 무장대 잔당들이 남아 낮이나 밤이나 몰래 내려와 사람 없는 집에서 고구마, 닭, 돼지까지 다 가져가곤 하였다. 나는 어른들이 밭에 갈 때면 따라간다고 울고불고 막 떼를 썼다. 사람이 너무 무서워 아무리 아파도 혼자 집에 있을 수가 없다고. 그렇게 몇 번을 할머니께 업혀 밭에 가서 산담 안에서 있다 오곤 했다.

차츰 무릎을 짚고서라도 걷게 되어 반은 걷고 반은 업히며 밭에 나가 목화꽃을 따 먹기도 하고, 밭에 나는 유름(으름. 머루, 다래와 같이 산에 나는 열매)이나, 산담을 둘러싸고 앵두처럼 빨간색의 열매가 달리는 개미탈(뱀딸기), 검은색의 단맛이 나는 간식거리였던 삼동나무 열매를 따 먹기도 했다. 그땐 해골바가지가 무서운 줄도 몰라 올라가지 말라는 무덤 잔디 위에서 잠이 들어 버리기도 하는 천둥벌거숭이였다. 집에 혼자 있을 때보다 재미도 있고 우선 무섭지 않아서 좋았다.

그러나 그 호사도 길지 않아서 몸이 좀 나아지자 할머니는 "일손을 빌려 밭일하니까 점심 짊어지고 가야 해서 너 못 데리고 가니 집에 있어!"라고 했다. 돼지 구정물 밥도 주고 해야 하니까 집에 있으라는 것이었다.

그러나 그때까지만 해도 이 일이 나에게 어떤 의미인지 다 알지는 못했다. 외할아버지가 집에 돌아오지 못하고 할머니와 내가 찾아 나선 그 밤의 일. 4·3이라고들 부르는 그날의 일이 나의 몸과 나의 삶에 관여하는 긴 악연을. 나의 등뼈는 하루아침에 '쑥쑥' 나타난 게 아니고 서서히 서서히 튀어나왔다.

4·3 무렵에 장전이라는 곳에 큰이모가 살고 있었는데 가끔 집에 와서 목욕도 시켜주고 옷도 입혀 주었다. 하루는 그 이모가 "요시코 등을 보면 콩알만큼씩 등뼈가 튀어나오고 있다."라고 했다. 나는 '잘 일어나지도 못하니 아마 힘줄이 끊겨 그런가 보다.'라고만 생각했다.

할머니도 그렇게만 말했으니까. 그러나 4·3과 나의 질긴 악연은 이미 그렇게 시작되고 있었다. 콩알만큼씩 튀어나오던 등뼈는 굽은 등으로 굳어지고, 결국 나는 등뼈가 뒤로 튀어나온 척추장애인이 되었다.

여덟 살에 친할머니와 지낼 때부터 열 살이 될 때까지도 밖에 나다니지 못했다. 열 살이 되어 학교에 다니기 시작하면서 조금씩 밖에 나가기 시작했다. 그 시절 제주도에서는 집에 장애인이 있으면 수치로 여기고 밖에 데리고 다니지도 않았다. 할머니를 따라서 오일장에도 가보고 싶었지만, 오일장에 간 것도 열 번이 채 안 되었다.

그즈음 나는 집에만 있어서인지 유난히 핏기가 없는 데다 등과 허리도 계속 아프고 열도 자꾸 나곤 했다. 어느 날, 땀에 젖은 옷을 갈아입다가 허리에 손을 대 보니 콩알만 한 뼈가 만져지는데 누르면 아팠다. 할머니한테 등에 콩이 붙어있으니 떼어내 달라고, 이것이 아프게 하는 것 같다고 울면서 호소해보기도 했다. 왜 이런 콩이 붙어 나를 아프게 하느냐고.

천둥벼락 치던 밤, 외할아버지를 찾으러 다니다 밭에서 돌무더기에 넘어진 후로 몸이 아프게 되었다는 것을 물론 나도 알고 있었다. 그 밤을 사람들은 4·3 난리라고 부른다는 것도. 그 난리통에 나는 몸을 다쳤고, 그 난리 때문에 치료도 받을 수 없었고, 그 난리로 외할아버지, 외할머니, 외삼촌이 돌아가셨다는 것도.

그러나 당시에는 4·3으로 사람 죽은 집은 요주의 인물이라고 이웃들이 상대도 안 해주니 4·3 때 누가 죽었다는 말도 해선 안 된다고 했다. 혹시 모르는 사람이 물으면 그저 산밭(산에 있는 밭)에서 굴러 떨어졌다 말하라고 귀에 딱지가 앉도록 친할머니는 주의를 시키셨다. 그다음부터는 모르는 사람이 왜 아프게 되었느냐 물으면, 산에서 놀다 떨어졌다는 말로 입막음을 하며 살게 되었다. 한국전쟁이 끝나도, 심지어 4·3 후유장애인 신청을 하러 가서도 왠지 발설하기가 두려운, 그런 사연을 안고 살아가게 된 것이다.

성안 생활

열 살쯤 되었을 때 친가 가족은 납읍에서도 살 수 없어서 밭을 하나 팔아 성안(지금의 제주시)으로 내려왔다. 밭일로 먹고살기가 너무 힘들다며 성안에서 날품팔이라도 하고 텃밭 뙈기라도 사서 살자는 계획이었다. 달구지에 가마솥이며 세간을 싣고 새벽부터 땅거미지도록 걸어서 당시 제주도립병원 옆 '상천굴'이라는 곳으로 이사를 갔다. 아는 분이 성안에 텃밭 뙈기와 집을 알아봐 주어서 안거리, 밖거리와 마당이 있는 납작한 초가집에 살게 되었다. 집주인은 밖거리 대문간 옆에 살고 안거리는 세를 주었던 것이다.

방 둘, 마루 난간, 부엌. 뜰에는 커다란 우물이 있었는데 아무리 가뭄이 들어도 우물은 마르지 않는다고 했다. 채소도 씻고 청소도 할 수 있어서 어린 나는 우물이 좋았다. 개구리며 물벌레들이 있고 우물 뒤쪽에 푸성귀도 심어 먹을 수 있었지만 당장 궁한 건 땔감이었다. 촌에서야 땔감은 검부러기며 솔가지 부러진 것이며 지천으로 널려 있어 사다 써 본 적이 없었는데 여기서는 당장 돈 주고 땔감을 사야 했다. 장작이며 솔잎으로 밥도 짓고 군불도 때야 하는데 성안에서는 거저 쓸 수 있는 게 없었다.

하루는 어른들이 땔감으로 쓸 솔잎이며 솔방울을 주우러 간다고 모두 나가고 나 혼자 낯선 성안 집을 지키게 되었다. 불안하고 무서워서 나도 따라간다고 울면서 말했지만 겨우 무릎 짚고 걸을 정도니 할머니 등에 업혀서 갈 수밖에 없는데, 할머니는 땔감을 잔뜩 지고 오셔야 했다. 집에서 놀고 있으라고 꾸중 반, 달램 반으로 나를 떼어 놓고 일찍 오시겠다며 가셨다. 그리고 늦은 저녁이 되어서야 자루에 솔방울, 마른 소똥을 지고 오셨다. 덜 마른 것은 마당에 말리고 부뚜막 한구석에 쌓아서 땔감으로 썼다. 그러나 솔잎만 갖고는 턱없이 부족해서 장날에 장작을 사곤 하였다. 솔잎 검부러기는 불쏘시개로만 써도 열흘이면 바닥이 났다.

텃밭을 일구어, 보리와 조, 마늘을 조금씩 심어서 성안의 생활을 이어 갔다. 나는 몸이 불편하고 식은땀과 열이 나면서 아픈 날이 많았다. 그래서 성안에서는 밖에 한 번도 나돌아다니지 못했다. 사람이 무섭고 낯설어 누가 물어보면 대답도 못 했다. 주인집 아주머니와 아들이 있었는데, 한번은 냄비에 먹을 것을 담아 건네주는 것을 나는 받지 않고 울어버렸다. 몇 달이 지난 후에야 알았지만, 주인집 아들은 부모가 억지로 신학문을 공부하라고 때리고 학대를 해서 미치광이가 되었다고 한다. 집에는 잘 있지도 않고 늘 혼자 중얼중얼 남이 알아들을 수 없는 말을 했다. 그 이후로 나는 집에 혼자 있기가 더 무서워졌다.

비가 오는 날이 좋았다. 비 오는 날은 할머니가 밭일이나 땔감 구하러 나가지 않고 집에 있는 날, 할머니가 버선 깁고 바느질하고, 집안 청소와 빨래를 하거나, 마실도 가는 날이다. 내가 초저녁부터 잠을 자는 사이 할머니는 나가서 이웃도 사귀셨다. 성안에 살려면 뭘 해야 돈을 벌 수 있느냐며, 집에 있을 새가 없었다.

하루는 자다가 목이 말라 부엌에 가는데 어떤 할머니가 우물가에 하얀 무명천을 머리에 쓰고 앉아 있기에 왜 우물가에 앉아 있느냐 물었더니 그 할머니가 부웅 떠서 날아갔다. 내가 "할머니 어디 가!"라고 소리치는 바람에 방 안에서 자고 있던 할머니가 뛰쳐나와 부엌에 쓰러진 나를 안고 방으로 데려왔다. 놀란 나는, 까무러쳤을 때 먹는 경면주사인가 하는 약을 먹고 겨우 잠을 잤다. 가마솥에 눌어붙은 숯검뎅이를 긁어 물에 풀어 마시기도 했다. 그 후로는 아무리 목이 말라도 밤중에 물을 마시러 부엌에 가는 일은 없었다. 머리맡에 물사발을 놓아두고 날이 밝기 전에는 깨어나지 않으려 애썼다. 그 당시는 시계도 없었고 불이라고는 등잔불뿐, 촛불은 있는 줄도 모르던 시절이다.

그 집에서는 겨우 일 년쯤 살고 다른 데로 이사를 했다. 한참 나중에 알았지만, 그 집은 귀신이 나오는 집이라고 했다. 집주인인 며느리가 시어머니를 굶어 죽게 내버렸다는 이야기를 할머니가 이웃 사람들에게 전해 들었다. "우리 손녀가 우물에 두건 쓴 할머니를 보고 놀라서 죽을 뻔했다."라고 하니 이웃 사람이 "그 할머니가 제사 때면 꼭 우물에 나타난다."라고 했단다. 그 말을 듣고 다른 집으로 이사를 했던 것이다.

말없는 아이

다시 이사 간 집은 남문통에 있었는데, 빌린 게 아니라 사서 갔다. 그 집엔 우물도 없고, 마당은 좁고 대문 옆은 길이어서 바람이 불면 흙먼지가 날려 마루, 방까지 더러워지곤 했다. 허드렛물이 없어 매일 가락쿳물(동문시장 뒤 오현단 옆 남수각 자락에 있던 가락천의 물)을 길어다가 마시고 밥을 지어 먹었다. 한 방울이라도 아껴 쓰고 쌀 씻은 물도 두세 번씩 더 쓰며 구정물은 통시의 돼지를 먹였다. 빨래하고 채소 씻는 것도 산지천에 가야 했다. 내가 흙먼지로 더러워진 방과 마루를 쓸고 닦으면 물을 많이 쓴다고 가끔 야단을 맞았다. 어린 나에게는 아직 유수암 연못에서 물을 쓰던 버릇이 남아 있었기 때문이다.

시골에 살 때는 마당에 늘 보릿짚이 깔려 있어서 바람이 불어도 마당에 갈옷도 널어 말리곤 했는데 이사 온 집에서는 마당 흙이 날렸다. 내 딴엔 물을 아껴 쓴다고 걸레 빨고 더러워진 물을 마당에 흩뿌리곤 했다. 하루는 더러워진 걸레며 옷을 대야에 이고 산지천으로 나갔다. 흐르는 물에 세수하고 손발 씻고 방망이로 두들기며 빨래를 하니 얼마나 깨끗하고 시원하던지. 흐르는 물에 발을 담그고 어두워지도록 있다 돌아왔다. 이 물이 집 근처에 있으면 좋을 텐데 생각했다. 고사리손으로 두레박으로 우물 퍼내기가 얼마나 힘들었는지.

시골에서 살다 성안에 오니 어수선한 시국 때문에 더 힘들었다. 4·3이 잠잠해져도 성안에서는 낯선 사람들이 찾아왔다. 혼자 집에 있던 나에게, 어른들 어디 갔냐, 무슨 일 하냐, 순경이나 군인, 선생, 학생이 있느냐, 이것저것 물어보곤 했다. 할머니는 밭일 갔다고 하니 식구는 몇이냐, 할머니하고 너뿐이냐 하고 묻는데 얼른 '예' 하고 말았다. 실은 작은 고모와 막내 삼촌이 있었다. 고모는 납읍에서 성안으로 온 후에 시집을 갔고, 막내 삼촌은 내가 국민학교 4, 5학년 무렵에는 집에 잘 있지 않고 집에서 자는 일도 드물었다. 할머니하고 나뿐이라 하니 거짓말하는 건 아니냐고 되묻는데 무서워서 울음이 나왔다. 내가 우니까 어른이 집에 있는 날 또 오겠다고 했다. 나는 울면서 할머니는 맨날 밭에 가서 집에 나밖에 없다고 큰 소리로 말했다.

모르는 사람이 남의 집에 와서 꼬치꼬치 묻는 것이 너무 이상해서 빨리 가버렸으면 했다. 저녁에 할머니에게, 모르는 사람이 와서 이 말 저 말 물어보더라고 했더니 물어보면 아무것도 모른다고 하고 대문도 열어주지 말라고 했다. 순경, 군인, 학생 있는 집을 조사하러 다니는 사람이 있다며 무슨 말을 해도 겁내지 말고 "할망하고 나만 살 암수다.(할머니하고 나만 살고 있어요.)" 하고 대답하라는 말을 열 번도 더 들었다.

　나는 늘 혼자였기에 누구와 제대로 말을 해본 적이 없어서 어느새 말 없는 아이가 되어 있었다. 할머니 아는 분이 와도 꾸벅 인사만 하고 말은 안 하니 이런 말이 오갔다.

　"손지 말몰레기꽈?(손자가 말을 못 합니까?)"

　"아니우다, 몰른 사람 낯 가련 헴수게.(아닙니다. 모르는 사람 낯을 가려 그럽니다.)"

　사실 나는 국민학교 입학 전까지 조선말을 잘 몰랐다. 아기 때 배운 일본말로 숫자를 셀 뿐, 한글이 무엇인지도 몰랐다.

열 살 때 시작한 학교생활

또래보다 2~3년 늦게 국민학교에 다니기 시작했을 즈음 한국전쟁이 발발했고, 입학 당시 10살이었다. 지금의 중앙성당 뒤편에 내가 다니던 남국민학교(현재 남초등학교), 신성여자중고등학교가 있었고 남국민학교 정문 앞으로 제주도립병원이 있었다.

천만다행으로 집에서 학교가 가까웠지만, 땅 위를 무릎으로 걸어 학교에 가려면 여간 아픈 게 아니었다. 아이들이 놀려대고 심지어는 내 모습을 흉내 내며 낄낄 웃어델 때면 아무 말 없이 집에 돌아오기도 했다. 다시는 학교에 가고 싶지 않은 날이 많았다.

조회 시간에는 키가 작아서 맨 앞에 섰다. 똑바로 서지도 못하고 구부정하게 서 있다 보면 교장 선생님이 말씀하는 사이 햇볕은 뜨겁게 쬐고 식은땀이 옷이 젖도록 솟았다. 선생님이 무슨 말씀을 하시는지 알아듣지도 못하고 서 있노라면 나도 모르게 쓰러지고 말았다.

어릴 때부터 영양가 있는 것을 먹지 못해서 그런지 여름에는 툭하면 빈혈로 쓰러졌다. 그때마다 담임선생님이 안고 도립병원에 갔다.

부모도 없이 할머니하고만 사는 아이, 굽은 등을 한 약한 아이는 아이들의 놀림감이 되기 쉬웠다. 아이들이 툭툭 건드리며 왜 말해도 대답도 하지 않느냐, 벙어리냐, 왜 무릎 짚고 걷느냐고 자꾸 성가시게 굴어서 학교 가기가 싫었다. 나이 어린 아이들한테 놀림받고 따돌림받는 것이 너무 싫어서 할머니에게 학교 다니고 싶지 않다고 말한 것도 여러 번이었다.

체육 시간에는 혼자 교실에 남아 있다 보니 괜한 오해도 많이 받았다. 다들 운동장에 나가고 혼자 교실에 남아 있었는데, 체육 시간이 끝나고 애들이 교실에 들어오면 자꾸 물건이 없어졌다고 했다. 돈이 없어졌다, 뭐도 없어졌다 하면서. 그럼 우선 나부터 의심했다. 교실에 남아 있었던 건 나뿐이니까 도둑으로 몰려서 먼저 추궁을 받았다. 그러나 선생님은 내가 훔치지 않았다는 걸 알고 있었다. 어떤 때는 애들이 장난삼아 물건이 없어졌다고도 하고, 다른 학생이 몰래 가져간 것이 밝혀져서 나에 대한 오해가 풀린 적도 있었다. 이런 일들이 있은 후로는 체육 시간에 교실에 남지 않고 밖에 나가서 다른 애들이 뛰어노는 걸 구경하거나, 체육 시간이 있는 날엔 아예 학교에 가지 않기도 했다.

그러나 학교생활이 힘들기만 했던 것은 아니다. 늦은 나이에 입학한 데다 핏기 없고 파리한 모습이 불쌍해 보인 걸까. 선생님은 나에게 관심을 보여주셨고 나는 선생님이 묻는 말에 또박또박 대답했다. 공부도 곧잘 따라갔다. 방학 숙제였던 일기 쓰기를 잘했다고 칭찬도 듣곤 했다.

국민학교 2학년 땐가. 담임선생님이 낼모레 봄 소풍을 가니 도시락을 싸 오라고 하셨다. 나는 걷지 못해 갈 수 없다고 선생님한테 솔직히 얘기했다. 그러자 선생님은 "업어서 가줄 테니까 가자."라고 했다. 그래도 "할머니나 식구들이 다 밭일 나가서 도시락을 챙기지 못하니까 못 갑니다."라고 하니까 담임선생님이 집으로 가정방문을 왔다. 할머니는 내가 다른 아이들처럼 걸어갈 수가 없어 소풍을 갈 수 없으니 그날 결석한 것으로 해도 좋다고 하셨다. 선생님은 "소풍 가서 바깥바람도 쐬면 좋으니 제가 업고 가겠습니다."라고 할머니께 간청했다.

선생님과 약속을 했기에 할머니도 소풍을 안 보낼 수 없었나 보다. 그날 아침 노란 사각 양은 도시락에 밥을 챙겨주셨다. 선생님은 집까지 오셔서 나를 소풍에 데리고 가셨다. 그렇게 선생님께 업혀서 봄, 가을 소풍을 다녔다. 도시락을 못 싸가면 담임선생님이 당신의 도시락을 풀어 달걀이며 쇠고기 반찬을 밥 위에 얹어주고 먹여주다시피 하며 돌봐주셨다. 그럴 때면 부끄럽기도 하고 고마운 마음에 울음이 나왔다. 선생님이 부모 같다는 생각이 처음으로 들었다. 집에 가서 할머니에게 선생님이 밥을 먹여주었다고 자랑하니, 다음엔 할머니가 도시락 싸주마 하셨다.

선생님 등에 업혀서 간 소풍, 소나무밭 공기 좋은 데 자리 잡고 시원한 바람을 맞으며 꽁보리밥 도시락을 맛있게 먹었던 기억이 난다. 어린 마음에 '이것이 정말 소풍이고 바깥공기구나. 나도 어머니 아버지가 있다면 오늘 같은 날 다른 아이들처럼 맛있는 것도 챙겨 오고 그랬을 텐데 ….' 그런 생각을 했다.

꽝 들어가게 엎엉 글라

2학년을 마칠 때쯤 또 이사를 하게 되었다. 조금 더 올라간 남문 통 한골. 그 집은 초가지붕이 아니라 함석지붕이고, 안거리와 밖거리 가 있었다. 조금 너른 마당이 있어서 거기다 보릿대를 까니 먼지도 안 나고 멍석을 깔아 곡식 말리기도 좋았다. 그런데 물은 산지천 물 을 길어다 먹어야 했다. 가락쿳물이 말라 흐르지 않으니 빨래며 씻을 것을 들고 산지천까지 가야 했다. 물을 좋아하는 나는 산지천에서 빨 래하고 종일 물에서 놀곤 했다. 물 위로 펄떡 뛰는 은어와 멜(멸치) 을 채소 씻던 바구니로 건져서 집에 돌아와 국을 끓여 먹은 적도 있 었다. 어떤 어른들은 대바구니로 생선을 잡아서 팔기도 했다. 한번은 빨래를 해놓고 채소를 씻다 보니 빨래가 절반은 물에 떠내려가 버렸 다. 집에 돌아오니 할머니가 야단을 치셨다.

"빨래 떠내려가도록 몽케지 마랑, 자게자게 허영 오주.(빨래 떠내

려가도록 꾸물대지 말고, 빨리빨리 하고 오지.) 족헌 옷 바당드레 떠
간 어떵헐거라?(아까운 옷 바다로 떠내려가 버려서 어떻게 할래?)
돈 어선 사 입지도 못 할 거고.(돈 없어서 사 입지도 못 할 거고.)"

촌에 살다 성안에서 살게 되니 할머니한테 야단맞는 날이 많아졌
다.

하루는 "지들커 허레 고찌 글라.(땔감 하러 같이 가자.)" 하셨다. 난
빨리 걷지 못해도 걸음 반, 업음 반 하여 솔잎을 글겡이(대나무 갈쿠
리)로 긁어모으고 떨어진 솔방울을 줍고, 쇠똥을 주웠다. 굴묵(제주
의 전통적인 난방시설) 땔 때는 쇠똥이 오래 탔지만, 냄새도 나고 더
럽다는 생각에 쇠똥이 보여도 줍지 않으니 그 때문에 또 꾸중을 들
었다.

솔방울 줍는 일은 어렵지도 않고 재미가 있었다. 솔방울로 마대를
가득 채우고 긁어모은 솔잎은 새끼줄로 얼기설기 굴려 덩이지게 만
들어 등짐을 졌다. 어둑어둑해서야 주운 솔방울 마대를 업곤 했다.
그럴 때면 할머니가 이렇게 말하곤 했다.

"꽝 들어가게 엎엉 글라.(뼈 들어가게 등에 짐을 얹어라.)"

나는 등에 돈은 콩알만 한 뼈가 들어간다는 말에 좀 무거웠지만 등
에 짐을 얹고 걸어서 집으로 돌아오곤 했다. 지금 생각하면 우습기도
하다. 내가 업고 온 건지, 솔방울 마대가 나를 업고 온 건지. 집에 오
면 땀으로 다 젖고 식은땀이 자꾸 나서 자주 씻으면 또 물 많이 쓴다
고 야단을 맞기도 했다. 나는 내가 쓸 물은 주전자 가득 산지천 샘물

인동꽃 아이

70
-
71

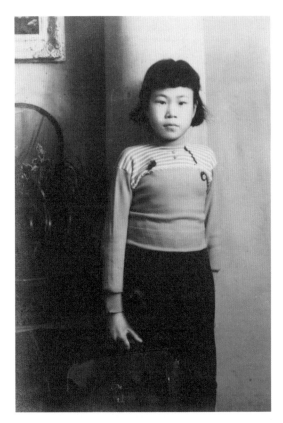

국민학교 6학년 무렵

을 담아왔는데, 그러느라 반나절이 걸리곤 했다. 그 후로도 몇 번 솔잎을 긁어모으고 땔감을 주우러 가곤 했다.

푸른 소나무 가지를 꺾거나 장작용으로 베었다가는 벌목으로 간주되어 경찰에 잡혀간다고 했다. 6·25 동란 이후로는 검문검색이 심해 땔감을 구하려고 산속 깊이 들어갈 수도 없었다. 그때까지만 해도 4·3의 잔당(남아있던 4·3 무장대 사람들)이며 무장공비, 간첩을 찾는다고 집집마다 헌병이 수색을 다니면서, 낯선 사람이 집에 오면 숨겨주지 말아라, 숨겨주면 감옥 간다고 으름장을 놓았다. 통행 금지 야경꾼도 무서웠고, 밭이나 들에 나가는 것도 조심해야 했다. 사람들과 말도 함부로 못 하는 세상이었다.

성안에서 전부터 살아오던 사람 중에는 부자도 있었지만, 우리처럼 이사 온 사람들은 남의 집 일도 해주고, 밭매기나 땔감 해다 팔기를 하며 살아가는 이들이 많았다. 우리에게 성안은 엄청 힘들고 무서운 곳이었다.

6·25 때는 성안에서 사는 피난민이 많았다. 국민학교 2~3학년 때쯤인가. 하루는 학교에서 옥수숫가루, 우윳가루 배급을 준다고 주머니를 갖고 오라고 한 적도 있었다. 나는 주머니를 가져오라고 했다는 말도 하지 않고 아예 주머니를 갖고 가지 않았다. 할머니가 "넌 무사 강냉이 가루, 우윳가루 아니 타 와시니?(너는 왜 옥수숫가루, 우윳가루 안 타 왔니?)" 하고 물으시기에 주머니 안 갖고 가서 그랬다고 하자 할머니는 어디선가 주머니를 구해다 주셨다.

아이들은, 우유며 강냉이 가루를 어떻게 해서 먹을 줄 몰라 쪄서 먹으려니 돌덩이처럼 딱딱해져 이빨이 부러졌다고도 하고, 짓궂은 아이들은 우윳가루를 입에 넣고 기침을 해서 얼굴 전체에 하얀 가루를 뒤집어쓰기도 했다. 그 모습이 어찌나 우습던지. 전쟁 후이니 굶는 아이들이 많았고, 푸른 밭보리 베어다가 풀죽을 끓여 먹던 시절이었다.

밀항 시도

사실 국민학교 1, 2학년 때는 거의 학교를 가지 못했다. 작은 키와 튀어나온 척추 때문에 걷는 것도 느렸다. 남문동에서 학교까지, 다른 애들한테는 한 3분이나 5분 거리지만 내게는 10분에서 15분이 걸렸다. 그래서인지 학교에서 집에 도착하는 시간이 다른 학생들보다 늦을 때가 많았다. 그럴 때마다 숙부는 "사촌 동생들 봐주기 싫어서 늦는 것 아니냐?"며 야단을 치시곤 했다. 국민학교 4학년인가 5학년 때는 일부러 집에 안 가고 학교에서 잠을 잔 적도 있었다. 정말 학교도 싫고 집도 싫었고 사람들이 무섭고 겁이 났다.

부모한테 보내 달라고 울고 불다 기절까지 했다. 밀항이라도 해서 보내 달라고 얼마나 졸랐던지. 부모한테만 가면 사람들이 무섭지 않고 콩알도 뗄 수 있다는 생각 하나로 매일매일 친할머니와 숙부에게 조르고 떼를 쓰곤 했다. 결국, 부모님을 아시는 분과 연결이 되어 오사카에 사는 부모한테 처음으로 편지를 써 보냈다. 숙부가 머구리배(해산물을 채취하는 잠수부를 실어나르는 어선)를 알아보고 조카를 일본에 보내겠다는 편지였다. 그때가 국민학교 4학년이었으니 13살 때였다.

드디어 부산으로 가서 일주일을 머물다 어느 배 밑바닥 짐 보퉁이 틈에 짐짝인 양 숨었다. 나뿐만 아니라 남자 어른들이 많았는데 아이는 나 혼자였다. 출항한 지 20~30분 지났을까? 굉음 같은 사이렌 소리가 나며 숨어 있는 배 밑바닥까지 불빛이 새어들었고 결국 경비정에 포위가 되었음을 알게 되었다.

숨어 있던 사람들은 수군댔고 배가 멈춰 섰다. 순경, 헌병이 갈고리로 짐 보퉁이를 쑤셔 찌르는 바람에 나는 소리치며 놀라 기절하고 말았다. 다른 사람들은 수갑이 채워져 어디로 끌려갔다고 나중에 들었지만, 나는 순경이 안은 채 집으로 돌아왔다고 한다. 놀랄 때 먹는 경면주사를 먹고 겨우 깨어나서도 벌벌 떨며 아무 말도 못 했다.

할머니 말로는 숙부가 헌병 특무대까지 불려가서 사정 이야기를 해서 난 끌려가지 않았다고 했다. 며칠 후 헌병 특무대에서 나왔다는 사람이 집으로 찾아와서는 밀항하려던 아이가 쓴 편지를 갖고 왔다고 했다. 내가 쓴 편지였다. 몇 월 며칠에 밀항으로 부모를 만나러 가겠다고, 빨리 부모가 보고 싶다고. 여기는 불안하고 사람들이 무서워서 있고 싶지 않으며 할머니랑 살기 싫다고 쓴 편지였다.

헌병 특무대 사람은 메고 왔던 총을 바닥에 땅땅 내리치면서 다짜

고짜 밀항은 나쁜 짓이라며 "감옥살이 갈래?" 하고 으름장을 놓았다. 법에 걸리면 감옥 속에 갇혀야 한다고. 나는 무서워서 울기만 하고 아무 말도 하지 못했다. 할머니가 나를 일으켜 세워 뒷모습을 보이며 사정했다.

"이 아이 봅서.(이 아이를 보세요.) 할망이영 살면서 병신 되어 지어미 아비 신디 가켄 밤낮을 발버둥 치며 학교 안 가겠다, 할망하고도 살기 싫다는데 어떡합니까?(할머니랑 살면서 장애인이 되어 제 어미 아비한테 가겠다고 밤낮을 발버둥 치며 학교 안 가겠다, 할머니하고도 살기 싫다는데 어떡합니까?) 애미애비 어시 불쌍한 손지우다.(어미 아비 없이 불쌍한 손자입니다.) 아무 분시 몰른 아이가 감옥살이가 무엇인지 법이 무시건지 압니까?(철모르는 아이가 감옥살이가 무엇인지 법이 뭔지 압니까?) 학교에서 하도 아이들이 병신이옌 놀리난 지 부모 신디 가켄 허는 걸 어신 돈 꾸엉 보내젠 헌 거우다.(학교에서 하도 아이들이 장애인이라 놀리니 제 부모한테 가겠다고 하는 걸 없는 돈 꾸어서 보내려고 한 겁니다.) 한 번만 봐줍서게.(한 번만 봐주세요.) 어른도 아니고 아무 분수 모른 손지, 부모 만낭 등뎅이 고쳐 보젠 헐 수 없이 밀항으로라도 보내젠 헌 거난 용서해 줍서.(어른도 아니고 철모르는 손자, 부모 만나서 등 고쳐보려고 할 수 없이 밀항으로라도 보내려고 한 거니 용서해 주세요.) 늙은 할망이 빌쿠다.(늙은 할머니가 빕니다.)"

그러자 그 사람은 "다시는 밀항해서 부모 만나러 가면 안 된다. 편지도 써 보내지 마라. 편지를 써도 일본에 가지 않는다. 나쁜 말 쓴 편지는 다 골라서 발각되면 벌 받는다. 나쁜 편지 써 부치지 마라." 하고는 갔다.

결국, 할머니한테 돈만 떼이어 먹히게 하고 부모 있는 곳에 가지도 못하고, 헌병이니 순경이니 집 찾아오게 하고. 빚진 돈만 남 좋은 일 시켰다고 실컷 야단을 맞았다. 할머니는 다짐을 주셨다.

"죽진 말아, 살아시민 만나주.(죽지 마라, 살아있으면 만난다.) 부모 만나구정 하든 밥 먹고 부지런히 학교도 댕기고 소학교는 마쳐사.(부모 만나고 싶으면 밥 먹고 부지런히 학교도 다니고 국민학교는 마쳐야지.) 다신 편지도 쓰지 말고 참안 살아 시민 만나주.(다시는 편지도 쓰지 말고 참아서 살다 보면 만난다.) 울지 말고 자꾸 걸으라.(울지 말고 자꾸 걸어라.) 밭디도 가고 솔잎 긁으레도 가고.(밭에도 가고 솔잎 긁으러도 가고.) 먹언 살젠하든 부지런해사.(먹고살려면 부지런해야 한다.) '손 놀면 입도 놀라'는 말도 있주.('손 놀면 입도 놀아야 한다'는 말도 있다.) 학교에 간 아이들이 놀려도 두둘기지만 않으민 모른 채 허연 선생한티 아이들이 조들렴젠 고라불라.(학교에 가서 아이들이 놀려도 때리지만 않으면 모른 체하고 선생님한테 아이들이 놀린다고 말해라.)"

밀항 실패로 호되게 혼난 후론 오히려 기운도 조금씩 생겼다. 부모 생각은, 잊지 않고 있으면 언젠가 한 번은 만나겠지 하는 마음으로 달랬다. 성안 생활이 서툴러도 학교 반 애들이랑 말도 하고 지내게 되었다. 할머니한테 야단도 많이 맞았지만, 그럭저럭 국민학교도 졸업하게 되었다.

나를 업고 소풍에 데려가 주신 2학년, 3학년 담임선생님은 지금도, 아니 죽는 날까지 잊지 않을 것이다. 지금은 하늘 세상에서 편히 쉬고 계시겠지. 속으로는 '센세이 아리가또.(선생님 고맙습니다.)' 수십 번 말했지만 이제 선생님은 보이지 않는 것을. 눈이 아닌 마음으로 보살펴 주신 은사님이 있었음을 늙어서야 깨달았으니…….

인동꽃 팔아 처음 번 돈 5환

밀항 시도 후 몇 달간은 머리도 아프고 잠도 못 잤다. 만수당 약국에 가서 먹으면 죽는 약을 달라고 하면서, "돈은 저녁에 친할머니가 밭일 다녀오면 드릴 겁니다."라고 하니, 약국 할아버지는 환약을 두 알 주면서 이 약을 먹으면 잠도 잘 수 있고 머리도 아프지 않을 거라며 먹고 푹 자라고 했다.

약을 먹고 얼마나 잔 건지, 밭일 다녀온 할머니가 불벼락 호통을 치셨다. 저녁밥도 하지 않고 잠만 퍼 잤느냐며. 부뚜막에 불을 지펴 부지깽이 휘휘 저으며 늦은 저녁 지으시느라 화가 잔뜩 나셨던 거다. 마침 약국 할아버지가 오셔서 손녀딸이 울면서 먹으면 죽는 약 주라고 해서 환약 두 알 주었다고 하시며 한약값 받으러 온 게 아니라, 일본에 가지도 못하고 어린 게 가슴이 얼마나 아팠으면 죽는 약 주라고 했겠냐면서 어떻게 해서든 제 부모 만나게 잘 돌봐주라고 하셨다.

할아버지가 하시는 말을 듣고서는 살아봐야겠다는 생각으로 억지로라도 밥도 먹고, 기운 차려야지, 정신 차려야지 다짐하며 속으로 울면서 참고 또 참았다. 약 먹은 뒤로는 밥도 조금씩 먹을 수 있게 되었기에 약국에 가서 할아버지께 고맙다고 인사를 하였다.

그 후 할아버지와 이야기도 하고 약초를 종이 봉지에 싸는 것도 조금 도와드리면서 친해지게 되었다. 하루는 종기가 나서 고약을 사러 갔다.

"너 인동꽃 알지?"

"예. 산촌 살 적에 외할아버지가 연초 담배에 섞어서 곰방대에 넣어 피우는 걸 봤어요. 보리를 타작하는 5, 6월에 밭담(밭의 가장자리를 둘러친 돌담)에 인동꽃이 피어 꽃대를 빨아먹은 적도 있고요."

그러자 고약값 대신 인동꽃을 많이 따서 곱게 말려 가져오면 돈을 주겠다고 하셨다. 할아버지께 고마운 마음에 인동꽃을 딸 생각으로, 밭일 가는 할머니를 따라 나서니 할머니는 "해가 서쪽에서 뜨겠구나. 자게 걸으케건 고찌 글라.(빨리 걸을 것 같으면 같이 가자.)" 하신다. 그런데 밭일을 돕겠다고 하고는 인동꽃만 따고 있으니 인동꽃 따지 말고 보리 한 단만이라도 베라고 불호령이 내린다.

"인동초 따먹언 배 안 부러.(인동초 따서 먹는다고 배 안 부르다.) 자개 자개 보리나 베어 보라.(빨리빨리 보리나 베어 봐라.)" 야단쳐도 아랑곳하지 않고 종일 뙤약볕 아래에서 인동꽃을 바구니 가득 따서 머리에 이고 집에 와 채반 두 개에 널어 서늘한 곳에서 3~4일간 말려 약국에 가져갔다.

"아이구, 속았다.(아이고, 수고했다.) 한 바구니 넘치도록 땄는데 말리니까 쬐끔이지? 5환 주마. 다음에도 더 많이 따서 말려 오면 10환을 주마. 착하다. 부지런히 살아서 부모 만나야지."

할아버지가 좋아서 "예. 할아버지, 고맙습니다."라고 인사를 했다. 난생처음 인동꽃 말려 5환 받은 것이 너무 기쁘고 좋았다. 1환은 노란 연필 한 자루 사고, 1환은 누르퉁퉁한 공책 사고, 3환은 저금하려고 국어책에 끼워 두었는데 잃어버렸다.

다음 해인 국민학교 6학년 때, 보리 베기 시기였다. 1,200평 넓은 밭의 밭담에 있던 인동꽃을 넝쿨째 바구니 두 개에 따 넣어 채반 3개에 펼쳐 서늘한 곳에 널어 두고 학교에 갔다. 집에 돌아와 보니 인동초가 바람에 날리고 비에 젖어 약초로 못 쓰게 되어버렸다. 약국 할아버지에게 젖은 인동초를 한 움큼 보여드리면서 속상해하니 "자연 일기가 그런걸. 너무 속상해하지 마라."라고 달래시며 "고생시켜서 미안하구나. 심심하면 약국에 오거라. 약봉지도 싸고 말동무도 하고." 하셨다.

"예. 할아버지, 감사합니다." 이게 마지막 인사가 되었다. 남문통에서 서문통으로 이사 온 후론 남문통에 가지 못했다.

인동꽃

만수당 약방 할아버지가
인동꽃 따오면 돈으로 바꿔준대서
밭일 가는 할머니를 따라 나선다
노랗고 하얀 꽃을 바구니 가득 따다
서너 날 말려 갖다 주니
약방 할아버지가 오 환을 준다
다음에 더 많이 가져오면 십 환을 주겠다며
부지런히 살아서 부모를 만나라고.

꽃이 돈이 되다니!
꽃을 딴 나의 수고가 돈이 되다니!
너무 기뻐서 가슴이 뛴다
돈이 있으면 필요한 것을 할 수 있으니
이제 나도 어엿한 한 사람이 되는 건가
바다 건너 부모도 만날 수 있겠지
일 환은 노란 연필 한 자루 사고
일 환은 공책 사고
삼 환은 저금하려고 국어 책에 끼워 둔다
내게 인동꽃 꽃말은 희망, 독립, 자유

신성여중 재학 당시

손 놀면 입도 놀라

학교는 오래 다니지 못하고 신성여자중학교까지만 다녔다, 그것도 겨우. 공부도 잘하지 못했고 학교 다니기도 싫었다. '제발 학교 나가면 누가 나 건들지 말아라.' 그런 생각만 들었다. 사춘기가 되니 남의 시선과 말들이 더 견디기 힘들었다. 오로지 이 척추 튀어나온 것 때문에 이런저런 충격도 받게 되고.

어려운 형편이었지만 '여자도 깨우쳐야 산다.'라는 믿음으로 중학교를 마칠 수 있게 해준 할머니 덕분에 지금도 좋아하는 책을 마음껏 읽으며 삶의 위안을 얻고 있다. 삼촌네나 고모네나 다 결혼해서 나가 살고, 나 혼자만 한 사십 년을 친할머니랑 같이 살았다. 지금 돌이켜보면 할머니는 나를 강하게 단련시켜 주신 것 같다.

"손 놀면 입도 놀아야 하고 입 놀면 굶어 죽어야 한다. 사람은 움직여야 산다."

그땐 그게 무슨 말인지 몰랐다가 나중에 알게 되었다. '아, 일하지 않으면 밥도 먹지 말란 뜻이구나.' 그 시절 밥이라고 해야 좁쌀이나 보리쌀에 고구마 넣고 찐 게 다였다. 어릴 때부터 그걸 먹기 싫어서 안 먹으려고 하면 "먹기 싫으면 먹지 마라. 안 먹으면 너 죽는다. 죽기 싫으면 먹어라!" 해서 마지못해 조금씩 먹었다. 아프니까 조금씩은 먹어야 했다.

밀항 사건 후 5~6년은 밭에서 일도 하며 지냈다. 밭에는 보리, 조, 콩, 팥, 녹두, 참깨, 고구마 등등 열 가지도 넘는 작물을 심고 마늘, 배추도 심었다. 정뜨르 밭(지금 용담 해안도로 사수 근처에 있던 밭으로 당시에는 정뜨르 밭이라고 불렀다.)은 1,200평이나 되는 휑뎅그렁한 밭이었는데 조그마한 까만 고무신 발로 밟다 보면 얼마나 발이 시렸는지. 발이 시리다고 투정을 부리며 집에 가자고 하면서도 어둑어둑 땅거미가 지도록 밟았다.

보리밭은 잡초를 매면서 깜부기까지 뽑아야 하는데 도무지 보리 싹과 깜부기 싹을 구별하기 어려웠다. 한 고랑쯤 김을 매고 난 후에 보면 보리 싹 팬 것보다 깜부기 싹 팬 것이 더 많아 꾸중을 듣기도 했다. 깜부기를 뽑다 얼굴에 스쳐 검댕이 묻으면 닥끄네(현재 사수 근처) 바다 샘물에 씻었다.

잘 걷지도 못하는 몸으로 밭일하러 가는 게 너무 싫었지만 할머니 혼자 밭매러 가는데 안 따라갈 수도 없고…. 옛날에 제주도는 왜 그리 돌멩이가 많은지, 밭에 일하러 가면 흙은 조금뿐이라 호미질을 조금 하고 나면 온통 자갈돌이어서 손에 피도 나고 부르트기 일쑤였다.

밭일하는 게 싫어서 꾀를 부린 적도 있었다.

"할머니, 나 검질(김) 매는 거 싫어!"

"일 안 허커들랑(안 하려거든) 밥도 굶어라. 밥 먹지 말라!"

"말 안 들으면 여기서 귀신 나와 잡아간다!"

어느 날은 다리가 막 아프고, 생각하면 화도 나고 해서, 혼자 밭매러 일찍 나간 할머니에게 점심을 안 가져갔다. '비렁못(제주시 탑동)'에서 정뜨르 밭까지 가려면 두 시간 이상 꾸불꾸불한 길을 한참 걸어야 했다. 당시에는 동고량이라고, 음식 담는 여러 크기의 대소쿠리 같은 데 빙떡(메밀 반죽에 무채를 넣어 만든 제주 향토음식) 등 이것저것을 넣어 등에 지고 새참을 갖다 주곤 했는데, 더러는 빠뜨렸다. '아는 분이 있으니까 점심을 얻어먹겠지.' 하면서.

지금 생각하면 참 할머니께 미안하지만 그때는 할머니 원망을 많이 했다. 외할머니는 총 맞아 돌아가버리셨지, 여기 와서 이렇게 살면서, 부모한테서 소식이 있으면 어떻게 하든 나를 부모한테 데려가도록 해야 하는데 어떻게 나를 이렇게 내버려 둘까? 그런 원망이었다.

그러다 보면 보리밭에도 바다에도 뉘엿뉘엿 붉은 노을이 가득하고, 불어오는 바람에 보리도 바다도 넘실넘실 물결치곤 했다. 갈매기가 나는 파란 바다에 고깃배가 떠다니고 붉은 노을이 파란 물에 잠길 듯 말 듯하면, 뜨거운 태양이 바다에 들어가는 것인가, 어린 마음에도 무척 아름답고 신기했다.

정뜨르 밭에서 밭일 끝에 본 석양

그즈음 조금씩 자연에 더 가까워졌던 것 같다. 밭에 메꽃(들에서 자라는 덩굴성 풀로 분홍색 꽃이 핀다.)이며 이름 모를 풀꽃을 꺾어 단발머리에 꽂던 일, 땅거미가 져서 집으로 돌아오려는데 비가 억수로 쏟아져 물에 빠진 생쥐처럼 흠뻑 젖었던 일이 기억 난다.

"자개 자개 집에 글자.(빨리빨리 집에 가자.) 저 밭에 귀신 소리 들리기 전에."

비 내리는 날엔 귀신이 나온다는 할머니 말에, 성안 와서 생전 처음 본 귀신이 떠올라 무서운 생각이 들었지만, 귀신이 산 사람만큼 무섭진 않았다.

김을 매다 녹두 벌레 옛날이야기도 들었다. 옥황상제 딸이 내쫓겨 녹두 벌레로 환생했다는 이야기. 게으르면 벌레로 환생한다는 말은 아마, 사람은 항상 부지런하고 남에게 폐 끼치는 일 없이 정직하게 살아야 한다는 뜻에서 나온 것이리라.

어려서 줄곧 들은, 부지런히 살라는 말들이 아직도 기억에 남아 있지만 나는 할 줄 아는 게 아무것도 없지 않은가. 줄곧 할머니랑 살면서 평생 가사 일이나 밭일을 조금 배웠을 뿐이다. 보리 씨앗 뿌려서 보리싹 나면 밟아 주고, 조 씨앗 뿌릴 때는 망아지 서너 마리에 이름이 기억나지 않는 나무토막, 베개 모양의 농기구를 동여매 조 밭을 밟게 했다. 망아지 꽁무니를 쫓아다니며 밟는 일이 흙을 덮어주는 거라고, 조는 너무 가벼워서 작은 바람에도 날아가니 꼭 밟아 흙을 고루 덮어준다는 것이었다.

두엄을 삭혀 보리밭에 뿌리는 일은 정말 하고 싶지 않았다. 돼지우리에서 똥을 담장 밖에 퍼내어 쌓아놨다가 썩힌 뒤 발효되어 굳어진 퇴비를 거름으로 주는 것이다. 밭일하는 데도 시기에 따라 순서가 있다는 것도 서서히 알아가게 되었다. 내가 아는 밭일이라는 게 이 정도이다.

제3부

그리운 사람

버들잎 배

엄마가 보고 싶어
아버지가 보고 싶어

연못가의 실버들로
버들잎 배를 엮어
두둥실 물에 띄웠더니

사뿐사뿐
아기 잠자리가 날아 앉네

뭐가 그리 무겁다고
기우뚱 기우뚱
버들 배는 금방 연못에 잠기고

무심한 소금쟁이만
물 위로 성큼성큼

배 타면 만난다는
엄마가 보고 싶어

바다 건너 산다는
아버지가 보고 싶어

부모를 만나게 되었지만

어릴 적 우물가에 앉아 실버들 잎으로 만든 배를 띄워 놓고 혼자 중얼거리곤 했다.

'아, 요런 배 타고 엄마 아빠한테 가면 얼마나 좋겠나?'

아이들한테 따돌림을 받을 때는 그런 생각이 더 간절했다.

'내 엄마가 정말 거지고 도둑이어도 좋으니 부모하고 같이 한 일 년만 살아봤으면 좋겠다.' 하고 생각하면서 일본 부모님께 보내 달라고 울며불며 수없이 애원도 하고.

밀항 좌절 이후 일절 소식이 끊어졌다가 부모가 보낸 분이 찾아왔다. 나는 죽기 전에 부모를 한 번만 만나 왜 나만 떨어뜨리고 가버렸는지 물어보고, 뼈가 더 굳기 전에 등뼈도 고치고 싶다고 전했다.

그렇게 그리던 부모를 결국 헤어진 지 20여 년이나 지나서야 만날 수 있게 되었다. 어렵게 가게 된 일본, 그렇게 다시 만난 자리에서 나는 소리치며 원망을 쏟아냈다.

"우선 이 등부터 고쳐내라. 이 등뼈부터 고쳐내라!"

짐작은 하고 있었지만 내 모습을 본 엄마와 아버지는 큰 충격을 받은 것 같았다. 엄마 말로는 내가 열두세 살이 될 즈음에야 나의 일이 궁금해서 인편을 통해 "우리 딸 나이가 이렇게 되는데, 학교나 잘 다니고 있나 좀 알아봐 달라."고 부탁했는데, 등에 이렇게 뼈가 나오고 잘 걷지도 못하지만 학교는 다니고 있는 것 같더라는 얘기를 전해 듣고는 충격을 받았다고 한다. 그래서 삼촌한테 "내 딸이 어떻게 된 건지 자세하게 편지로라도 써 보내주면 좋겠다."라고 편지로 요청을 하니, 삼촌네가 "산에서 굴러떨어져서 그렇게 된 것 같은데 그때 당시는 병원도 없고 해서 치료받을 형편도 못 됐다."라고 그렇게 간단하게만 대답했다고 한다.

그때 삼촌네가 "4·3이라는 난리가 일어나서 그 와중에 이렇게 당신 딸이 다쳤으니까 당신네가 어떻게 해야 할 거 아니냐?"라고 간곡하게 부모님께 얘기해 줬다면 내가 지금처럼 되지는 않았을지도 모른다. 아무튼, 부모도 그렇고 고모네나 삼촌네도 다 뒤숭숭한 분위기 속에서 먹고 살기에 바빠, 멀리 있는 자식이나 자기 식솔 아닌 조카에게 적극적인 관심을 두지 못했던 것 같다. 누구도 책임지는 사람 없이 방치되다시피 치료도 받아보지 못한 채 나의 운명은 그렇게 결정되었던 것이다.

일본에서 병원에 가봤지만 이미 스무 살이 넘어버려서(당시 23세였다.) 치료가 안 된다고 했다. 고치려면 무릎까지 마비되거나 신경이 죽어버릴 수 있고, 그렇게 되면 휠체어도 제대로 탈 수 없고 걸어다닐 수 없게 될지도 모른다고. 그런 진단을 받고 난 뒤로는 더욱 부모를 원망하게 되었다.

어머니라는 사람은 정말 냉정한 사람이라고 지금도 생각한다. 일본에는 내 밑으로 형제들도 많았지만, 말만 부모고 동기간이지, 같이 살아보지 못했을 뿐만 아니라 모두 다 일본 사람처럼만 느껴져서 정을 느끼기 어려웠다. 좀 더 솔직히 말하면 인연이 다 끝난 거라고 느꼈다.

아버지가 전하는 말로는 나를 두고 떠날 때 엄마랑 많이 다퉜다고 한다. 자기가 낳은 딸자식을 그렇게 무심하게 팽개쳐두고 올 수 있느냐면서. 그때 아버지는, 엄마가 나를 데려올 동안 그 배에서 기다릴 작정이었다고 한다. 바다 가운데서라도, 또 누가 아무리 총을 쏘더라도 기다리려 했는데 엄마는 그것도 모르고 나를 데리러 오다가 다시 배로 돌아가 버린 거였다. 그러니까 우리 어머니라는 사람은 자식보다는 남편이 우선인 사람이랄까.

누나, 운명이라고 생각하고…

  90년대에 일본에 두어 번 갔는데 형제간은 물론 부모님들도 완전히 일본 사람이 돼 버려서 한국말을 할 줄도, 잘 알아듣지도 못했다. 서로 말도 잘 안 통하고, 형제간들이 있다 한들 나이 든 후에 만나니 남으로 생각되지 친형제 같은 정은 들 수가 없었다. 동생들도 다 일본으로 귀화했고, 올케들은 다 전형적인 일본 사람들이었다. 남동생이 넷, 여동생이 둘이었는데 그중 큰동생 하나는 아버지 성격을 꼭 닮은 것 같았다. 비록 말은 안 통했지만 나한테 무척 잘 해줬다.

  큰동생은 내가 지난 얘기를 하며 자꾸 엄마 원망을 하면 나를 위로해주곤 했다.

  "이 지구상에 엄마들이 많아도 자기를 낳아준 엄마는 딱 한 사람밖에 없어. 그러니 아무리 엄마가 큰 죄인이라 해도 원망하지 말고 시대를 잘못 만난 것으로 체념해야 하지 않겠어? 누나, 그래도 운명

남동생에게서 받은 엽서. "1억 명의 사람이 있다면 1억 명의 어머니가 있다. 그렇지만 뛰어난 어머니는 우리 어머니 한 명뿐이다." 라는 글귀가 적혀 있다.

이라고 생각하고…."

큰동생은 일본에서 운수업체 대표로 있었는데, 누구보다도 나를 진정으로 생각해주었고, 지금 사는 집까지 사주었다. 십여 년 간경화로 고생하다 2007년 세상을 뜰 때까지 생활비도 보내주고. 그 동생이 살았을 때는 매해 신정 때마다 엽서를 보내줬는데 이제는 그것도 끝이다. 어디 기대고 의지할 데가 하나도 없다는 기분이 든다.

일본에 갔을 때는 거기서 정붙이고 살아보려고도 했다. 그런데 말도 통하지 않고, 동생들이라고 해도 너무 낯설어서 도저히 거기서 살 수가 없었다. 아버지는 내 꼴을 보니 속이 상해 매일 술을 먹고 엄마와 싸우기만 했다. 또 엄마는 아버지가 어디 일이라도 갔다가 늦게 들어오면 '어디 여자 만나고 들어온 거 아닌가.' 해서 문을 잠가버리고 열어주지 않았던 적도 있다. 그런저런 것들을 보면서 나 하나 있는 것으로 모두가 더 나빠진다는 생각이 들어 다시 제주로 돌아와 버렸다. 좋든 싫든 지금까지 같이 살았으니 할머니 돌아가실 때까지는 같이 지내자는 마음이었다.

지금은 일본에 있던, 나와 연관된 사람들이 살아있는지 죽었는지도 모른다. 원래도 소원했지만 큰동생이 죽은 뒤에는 아예 아무 연락 없이 지낸다. 이제는 그 당시 어머니 입장이 되어 마음을 비우고 다 이해해보려 한다. 말로는 용서 못 한다고 했었지만 지금은 다 용서한다. '내가 복이 없어서지. 어렸을 때 시대를 잘못 태어난 거고. 전생에 죄가 커서 이렇구나.' 나 혼자 이렇게 생각하고 위로하고 있다. 아버지는 오래전에 돌아가셨고, 어머니도 치매 때문에 고생하다 가셨으니 원망을 해본댔자 이젠….

꽃다운 시절, 단 한 사람

　이십 대 꽃다운 시절, 나의 인생에도 한 송이 꽃이 피어올랐다. 1960년대에는 남녀가 서신을 계기로 교류하는 일이 더러 있었는데 어느 날 나에게도 편지를 주고받는 인연이 생긴 것이다. 그러나 편지가 잦아지며 사이가 깊어질수록 내 마음도 그만큼 무거워졌다. 결국 편지 왕래를 그만두자고 제안할 수밖에 없었다.

　그 당시 나는 일본에 가는 비자를 받기 위해 고모 댁에 머물고 있었다. 그는 내 편지를 받고 나를 직접 만나기 위해 대구로 찾아왔다. 우리는 대구 역사에서 만나기로 약속했다. 그때가 부모를 만나기 전이니 1964~5년경이었을 것이다.

　"육군 김 일병입니다."

　거수경례를 하는 모습은 단정하고 순수해 보였다.

　역사에서 나와 간단히 점심을 먹고 대구 수성못으로 갔다. 대구에서 보낸 편지를 받고는 편지를 끊자고 한 이유를 알고 싶어 마지막으로 한번 만나 보러 온 것이라고 했다. 군에 입대해 신병 훈련을 막 마치고 소속 부대로 이동 중이었으며, 갓 입대한 신병이 휴가를 받기란 하늘에 별따기만큼 어려웠지만 오직 나를 만나기 위해 온 것이라고 했다.

나도 솔직하게 살아온 이야기를 했다. 다섯 살 때 부모와 떨어져 외할머니, 친할머니와 살아왔으며 이제 척추 치료를 위해 일본의 부모 곁으로 가려 한다는 것, 직접 내 실체를 보았으니 이제 편지를 끊자는 이유를 알았을 텐데 이해 바란다고.

그러나 그는 편지를 끊는 것을 원치 않으며 일본에 가서도 계속 편지를 주고받자고 했다. 아무 대답을 안 해도 좋으니 편지는 계속하자고 하면서 서약서를 써서 건넸다.

서약서
우주의 신의 섭리가 우리를 사랑하도록 지켜줄 것입니다.
사랑은 흐르는 물에도 뿌리내립니다.

우리는 수성못에 가서 배를 탔다. 흐르는 물에도 정말 뿌리가 내려진 것일까?

그렇게 시작된 인연은 번지고 번져 그가 제주에서 임용고시를 보고 추자도로 발령을 받아 교직 생활을 하기에 이르렀다. 서울에서 첫 발령을 받았을 때에 비해 어떤 마음이었을까? 1982년부터 우리는 같이 살기 시작했다.

제주에서는 나로 인해 사회의 따가운 시선을 받고 수모를 겪기도 했다. 학교에서 일을 할 때에도 타지에서 온 이방인으로 배척받으며 온갖 궂은일을 도맡아 하고 마음고생도 심했다. 그러나 힘든 내색 한 번 하지 않고 항상 겸손한 자세로 타인을 존중하며 배려했으며 말보다는 사려 깊은 행동을 앞세웠다.

추자 뱃길은 매일 있는 것도 아니고 한번 뭍으로 나오려면 주말 배 시간에 맞춰야 했다. 날씨가 나쁘면 풍랑이 세서 뱃멀미로 초주검이 되곤 했다. 그러면서 단 하루도 쉬지 못하고 일요일에도 월요일 수업 준비를 위해 서둘러 추자도로 들어가야만 했다.

"멀미에 지친 모습 안쓰러워 마세요. 뱃멀미하는 건 아무렇지 않으니 신경 쓰지 말고, 밥 좀 많이 먹고 책도 보고 항상 즐거운 마음으로 지내요. 신경 날 세우지 마셔요. 베일까 불안합니다. 그냥 웃으세요. 웃으면 마음이 열립니다. 몸 다친 것만으로도 충분하니 마음 다치는 일 없기를 소인은 바라고 바랍니다."

안쓰러워하는 나를 늘 유머와 농담으로 다독여주었다.

"제주에서 첫 봉급입니다, 사모님. 우하하하!"

봉급 봉투를 받아 안으니 얼마나 놀랍고 기쁘던지 가슴이 뭉클하고 눈시울이 뜨거워졌다.

"고생 많으셨습니다. 생활비에 요긴하게 쓰겠습니다."

수성못

수성못 수양버들
천만사 늘어져
물결 따라 살랑거리고

배 타고 노 저으며
두 마음도 두둥실

조각배 반달 노래를 부르니
아이 같다고

무엇을 좋아하냐고 물을 땐
우주 자연이라 했던가

그대와 나 사이
피어오르던 예쁜 꽃향기
그 우주 자연

워낙 효자인지라 절반은 서울 부모님께 송금하고 나머지 반은 내게 주었던 것이다.

추자에서 가져온 조기 매운탕과 나물 반찬으로 늦은 저녁을 먹은 뒤에는 "산보 갔다 옵시다, 캔맥주 하나 가지고." 해서 산책을 나가기도 했다.

그 당시 서부두 방파제는 양쪽으로 민물과 바닷물이 교차해서 낚시객이 많았다. 은은한 달빛 아래 은빛 날치들이 바다 물결에 펄쩍 튀어 올랐다. 신선한 바다 내음이 추자도하고는 다르다고 했다. 그러면서 지식은 책에서 배우고 지혜는 자연에서 배운다, 자연은 끊임없는 경외와 경탄이다, 자연의 숲에서 맑은 공기를 마시니 정신과 영혼이 맑아지는 것 같다는 그런 대화를 나누었던 것 같다.

추자도에 이어 위미, 서귀포의 학교에 근무하면서도 그는 언제나 내 곁을 지켜주었다.

우리가 사랑하던 시절, 80년대 탑동에서

겨울 방학 일본 여행

    그와 함께 일본으로 여행을 가기도 했다. 서울의 연로한 부모님이 관절염으로 고생하셔서 한방 치료비가 많이 든다면서 침구 공부를 하여 침구 자격증을 취득하고 싶다고 했다. 일본의 부모님께 인사도 드리고 형편이 되면 일본에서 얼마간 살고 싶었기에 일본에서 침구 학교도 알아보고 침도 사올 겸 가게 된 여행이었다.

    일본에 사는 동생한테 침을 취급하는 상점을 알아봐 달라 부탁했다. 지하철을 두세 번 갈아타고 오사카 변두리 침구 상점을 겨우 찾아갔다. 침을 사러 왔다고 했더니 어떤 용도로 쓸 거냐고 물으며 금침, 은침, 철침을 크기별로 보여주었다. 보여달라는 말도 생각이 안 날 정도로 서툰 나의 일본어를 주인이 못 알아들어서 결국 금침과 은침을 한 케이스씩 사고 돌아섰다. 지하철역 이름을 몰라 허둥대다 일어 반 영어 반 서툰 말로 물어 겨우 지하철역을 찾아내 세 번을 갈아타고 돌아왔다.

　다음 날은 자전거 가게에 가서 빨간 자전거를 샀다. 분해를 부탁하니 탈 자전거를 왜 분리해 뜯어내냐며 난색을 띠었다. 여기서 탈 것이 아니라 한국 제주로 가져갈 것이라 포장 사이즈를 줄여야 한다고 하니 핸들과 바퀴들만 분리해주었다. 엄마 집으로 가져와서, 분리된 순서대로 다시 조립할 것을 고려하며 조심스레 펜치로 다시 분리하면서 포장을 하니 온종일이 걸렸다.

　그느라 오사카 시내 구경도 못 하고 저녁때가 되어서야 시장에 갔다가 파친코(일본의 도박 기기) 가게에 들렀다. 쇠 구슬을 사서 기계에 돌려 쇠 구슬이 빠지지 않고 모여야 한다기에 쇠 구슬을 천천히 놓고 돌렸더니 다른 데 빠지지 않고 모여 900엔을 벌었다. 금붕어를 채로 건져 올리는 놀이도 했는데 채 망이라는 게 창호지보다도 더 얇아 반쯤 건져 내다 가운데가 찢어지고 붕어는 줄행랑을 쳤다. 크크크 웃다 보면 20엔이 날아갔다. 처음 했는데 잘했다며 구슬 모은 것을 표로 가져가서 환전하라는데 처음이라 환전할 줄을 몰라 물어물어 겨우 환전을 했다. 환전한 돈으로는 어묵과 주먹밥을 사 먹었다.

　침구 학교는 지바현에 있는 것만 알아보고 다음 날 제주로 귀가했다. 돌아와서는 쉬지도 않고 바로 자전거 조립에 분주했는데 이 모두가 나를 위한 것이었다는 걸 한참 세월이 지난 후에야 알게 되었다. 중고 오토바이를 산 것도, 자전거를 산 것도.

부모님께 인사를 드렸으나, 그가 장애를 가진 딸을 언제 떠날지 모른다며 흔쾌히 받아들여 주시지 않았다. 살 형편도 여의치 않아 일본행은 여행으로 끝나게 되었다.

범섬 나들이

중고 오토바이를 구입하여 서귀포 법환 포구에 갔다, 범섬에 가기 위해서. 법환리에는 고모부네가 사셨는데 고종사촌 동생과 고모부 내외는 일본 여행을 간다고 했다. 또 다른 고종사촌에게 배를 알아봐 달라고 해서 동생과 함께 범섬으로 가는데, 족히 한 시간은 걸리는 거리였다. 시퍼런 바닷물이 풍랑으로 출렁거리니 배가 물속으로 들어가는 듯했다. 멀미도 나고 물살이 배를 삼킬 것 같아 불안해서 신경이 곤두섰다.

범섬 풍랑이 이렇게 센데도 낚시꾼들이 모이느냐고 그에게 물으니 오늘 풍랑은 얌전한 거라는 대답이 돌아왔다. 풍랑 때문에 낚시꾼도 자주 못 간다고 하면서, 시퍼런 바닷물을 보지 말고 하늘을 보라고 했다.

닻줄을 묶고 밧줄을 조이고 범섬으로 올라가는 데만 30여 분. 간

110
–
111

신히 올라가서 잔디밭에 벌렁 누워 하늘을 보다 점심 도시락을 먹었다. 풀밭인지 잔디인지 널찍한 곳에 소나무들이 많아서 들짐승, 날짐승의 휴식처 같았다. 흑염소도 있고 토끼도 있었는데 풀밭 아래를 보니 천길 낭떠러지였다.

"아차 하면 골로 가겠구나."

내 소리에 그가 우하하 소리 내며 웃었다. 섬 위에 섬. 손에 닿을 것 같은 구름이 해풍에 휙휙 지나갔다. 시퍼런 물결이 바위에 부서지니 새하얀 물거품이 백만 이랑으로 갈라지고…. 범섬에서의 노을은 장관이었는데 멋지고 아름다운 것을 넘어 경건하기까지 했다. 배를 알아봐준 사촌동생네 집에서 하룻밤을 묵고 범섬의 그 시퍼런 바닷물, 자연의 냄새를 몸에 묻힌 채 집으로 돌아왔다.

내 삶의 뿌리, 르네

내가 어떻게 아이를 낳고 키웠는지 잘 모르겠다. 당시 스물다섯이나 스물여섯 살쯤 되었을 텐데 그때까지도 성에 대한 건 전혀 몰랐다. 다른 사람들은 또래들이나 가족에게서, 혹은 책이나 잡지를 통해서 성에 대한 지식을 얻었을 테지만, 나는 교육받을 기회가 없었고 정보도 전혀 없었다. 사실 임신이 된 것도 알지 못하다가 배가 불러왔을 때에서야 아이를 가졌다는 걸 처음 알게 되었다.

중학교에 다닐 때, 성에 일찍 눈뜬 친구들이 몇 있었다. 어느 날, 나와 별로 친하지도 않은 같은 반 아이가 "나 너네 집에 가서 조금만 쉬면 안 될까?" 하길래 "왜? 어디 아파?" 하고 물었더니 놀라운 이야기를 털어놓았다. 무전여행 갔다가 사귀자고 해서 몇 번 만났는데, 자기도 임신이 될 줄 몰랐다고. 어느 여인숙에서 관계를 가졌는데, 배란기에 딱 걸려서 임신이 되었다는 것이었다. 아마 달이 찬 상태에서 학교도 쉬면서 낙태를 한 직후였던 것 같다. 그런 얘기를 듣긴 했어도 임신에 대한 것은 잘 알지 못했고, 내가 그럴 줄은 더더욱 몰랐다.

생리를 안 하더니 태동이 시작되어 배 안에서 뭔가 꼬물거리기 시작했다. 그때가 임신 5개월쯤 되었던 것 같다. 정말 당황스러웠다. 뱃속에 뭔가 들어 있다는 게 겁이 났다. 누구한테 얘기할 수도 없었다. 망설이고 망설이다 같이 살던 친할머니에게 말했더니 야단이 났다. 데리고 놀다가 언제 봤냐는 식으로 서울로 가버리면 마음만 다치고 고생할 거라고, 할머니는 욕을 하면서 받아들이려고 하지 않았다.

할머니는 사람을 좋아해서 집에 늘 사람들이 많이 드나들었다. 할머니와 친한 분들이 집에 오면 배가 불러온 나에게 꼬치꼬치 물어보곤 해서 도망가거나 피해버리기도 했다. "사람들이 집에 좀 안 오면 안 돼? 할머니가 밖에 나가서 만나면 안 돼?" 하고 얘기해도 소용이 없었다. 임신 중에는 거의 외출을 하지 않고 집에만 있었고, 출산을 할 때에도 할머니가 집으로 산파를 불러왔다. 그렇게 딸 르네를 낳았다.

사실 내가 어떻게 아이를 낳고 키웠는지 모르겠다. 아무래도 할머니의 도움이 컸을 것이고, 아이가 학교에 다닐 때에는 선생님들도 많이 도와주셨다.

이 세상에 하나뿐인 딸 르네, 아낌없는 사랑이 내린 선물. 르네는 내 삶의 원천이자 버팀목, 아니 내 삶의 전부다. 사랑은 흐르는 물에서도 뿌리를 내린다는데 르네야말로 흐르는 물 같은 내 삶에 내린 든든한 뿌리이다.

백록담의 가난한 점심

"한 번 더 자연을 만나고 옵시다."

"어디에 있는 자연입니까?"

"걸을 수 있겠지요? 한라산 말입니다."

"선생님 걸을 수 있으세요? 허리 디스크 수술하고 깁스 뗀 지 얼마 안 되셨잖아요."

"소인 염려는 마세요. 점심도 그릇 말고 간편하게 비닐봉지에 담으세요. 밥과 김치면 족합니다."

교사이기도 하기에 나는 언젠가부터 그를 선생님이라 불렀다. 딸 르네에게 한라산에 가겠느냐고 물으니 운동을 좋아하지 않는 성격 탓인지 시큰둥해하다가 결국 따라나섰다. 밥 조금과 물, 김, 캬라멜 한 갑을 소풍 가방에 챙겨 버스를 타고 관음사에서 내려 20여 분쯤 걸었을까? 벌써 숨이 턱까지 차올라 헉헉댔다. 잠깐 쉬고 있자니 앞장서 걷던 그가 뒤처진 나를 기다려주었다. 르네에게 엄마 손 잡고 앞장서 걸으라고 하니 르네가 바로 "네" 하고 대답했다. 나뭇가지를 지팡이 삼아 짚고, 르네 손을 잡고 걸으니 한결 숨이 가벼웠다. 걷다가 뒤돌아보니 그는 뒤처져 쉬고 있다가, 계속 올라가라고 손짓을 하며 소리쳤다. "힘내라!" 응원과 격려 덕분에 백록담이 있는 정상까지 올랐다.

백록담 물에 발을 담그고 쉬려는데 올챙이가 반겼다. 비닐 주머니에 싸 온 밥과 열무김치를 먹으니 꿀맛이었다. 셋이서 겨우 허기를 면할 정도의 적은 양이어서 조금 아쉬웠다. 가난한 백록담의 점심은 두고두고 잊을 수 없을 것 같았다. 절반의 허기는 대자연 한라산의 향기로 채웠다.

새하얗게 뼈처럼 마른 구상나무 군락지에 올라가니 아무리 높은 한라산도 하늘 아래 있음이 느껴졌다. 제주도 전체를 내려다보고 있는 웅대한 한라산의 풍경을 처음으로 보았던 것이다. 넉넉지 못한 점심이었지만 대자연 한라산 구경에 배가 불렀다.

그러나 한라산을 만분의 일이나 구경한 걸까? 한 번 더 그와 함께 넉넉한 점심을 가지고 한라산을 등반하고 싶다. 우주의 기와, 자연에서 얻어지는 경이로운 마음이 나를 정화한다. 무탈하게, 무사히 한라산 풍경을 한 아름 담고 올 수 있어서 하느님께, 신께, 선생님께 그리고 딸 르네에게 감사드렸다. 고맙습니다.

한라산에서

마음 다치지 마세요

한번은 그와 손을 잡고 산책을 나갔는데 사람들이 힐끔힐끔 쳐다 보면서 자기들끼리 수군거렸다. 우리에게도 다 들렸지만 그들은 전 혀 개의치 않았다.

"저 남자는 병신 여자를 진짜 좋아하는 게 아니라 돈 보고 좋아하 는 거야."

그는 태연하게 걸으며 말했다.

"못 들은 척 귀 씻읍시다."

그와 잡은 손을 뿌리치고 집으로 되돌아와서 "다시는 산보 나가지 마십시다."라고 하니 긴 말로 나를 달랬다.

"마음 다치지 마세요. 타인들은 말하고 싶은 대로 말하니 교양과 인격이 문제입니다. 자전거는 다리 운동도 되지만 시장에 갈 때 이용 하면 타인과 시선도 마주치지 않아도 될 겁니다. 마음에 상처를 남기지 마세요. 타인을 위해 사는 게 아닙니다. 건강이 우선입니다. 항상 신과 함께 있음을 잊지 마세요. 몸 아픈데 마음까지 아프게 신경 날 세우지 마셔요. 발칵발칵하는 날카로운 신경은 좀 무뎌지세요. 몸 아 픈데 마음까지 아프면 누가 치료하겠습니까? 마음공부 좀 하셨으면 합니다. 마음은 스스로 다스려 치유해야 합니다. 소인도 마음공부 한 다고는 하나 수양이 덜 되어 심기 불편까지 다스리지는 못합니다. 타 인들 시선 무시하세요. 꿋꿋이 맞서세요. 따져 묻는다고 달라지거나 변하지 않습니다. 내가 달라지면 됩니다. 남을 탓하면 마음 편하겠습 니까? 더 괴로운 번뇌가 옵니다. 자연에서 배운 지혜로도 마음에 위 안을 들여놓을 수 있습니다. 마음을 스스로 다스리는 공부가 필요하 겠습니다. 소인 마음 반절은 당신 마음속에 들어 있습니다. 당신 마 음 반절 또한 소인 마음속에 있습니다. 상처받은 마음과 상처받지 않 은 마음을 서로 나누면 위안이 되지 않겠습니까? 스스로 굳건히 자 신을 지키십시오. 우주의 기와 자연을 느끼세요. 몸도 마음도 정신도 항상 깨어 있어야 합니다."

그의 이런저런 말들은 두고두고 나의 삶에 큰 지침이 되어준 것 같 다. 평생 단 한 번뿐인 단 하나의 사람. 나에게 생명의 꽃, 사랑이란 것을 알게 해준 사람. 나의 분신이며 내 삶의 원천인 나의 딸 르네를 만나게 해준 사람. 세상 사람들의 손가락질이 있었다지만 어떻게 그 모든 것들과 바꿀 수 있겠는가? 그러나 늘 함께할 수 없고 언젠가의 이별을 품고 있는 관계는 나에게 많은 아픔을 주기도 했다.

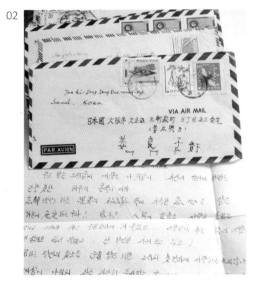

01. 김 선생님이 보낸 수백 통의 편지들
02. 일본에 6개월간 머물렀을 때 보내온 김 선생님의 편지

수취인 부재 편지

아낌없이 받은 사랑은
이제 동난 지 오래입니다
몸부터 떠나시고
그보다는 훨씬 나중이지만
마음도 떠나시니
몸도 마음도 이제 깨끗이 비워졌군요
그대는 제주를 온전히 떠났기에
이제 나는 전화도 문자도 단절합니다
우리를 사랑하도록 지켜준
신의 섭리도, 신도 모두 떠났습니다
단 한 번의 삶을 살게 하고
꿈조차 떠나버렸습니다

세상에 태어나서 처음으로 가장 따뜻한 정을 느꼈다면 아무도 이해가 안 될 것이다. 그 옛날, 애틋한 애정과 순수한 영혼까지 아낌없이 주신 분, 그 사랑이 지금까지 내 몸을 지탱해주는 원동력이 되고 있고 세상 사는 것이 조금은 덜 억울하다는 생각을 하게 해준다.

어느 날 정신이 번쩍 들어 떠난 사람. 그 뒤로 아무런 안부도 모른 채 살면서 애착을 버릴 수 없어 얼마나 아파했던가. 아무리 미치게 기다려도 오지 않을 것을 뒤늦게 깨달았다. 궁색한 미련의 노예가 되지 않기 위해 잊자, 잊자, 얼마나 스스로에게 채찍질했던가. 그렇게 모질던 그리움도 이제는 세월 따라 어지간해진 것일까?

어느 시월, 전화 너머의 목소리는 생소하기만 했다. 몇 년 만의 전화였던가. 잠시 여러 생각이 번개처럼 뇌리를 스쳐서 몹시 놀랍고 당황스러웠다. 그동안 얼마나 그립고 보고프고 기다렸던가. 아직 가슴 속에서 나를 꺼내버리지 않았다는 그대의 말. 아직 나란 여자, 이 늙은 할망구가 마음에서 버려지지 않아 가슴 속에 두고 있다는 말을 들으니 가슴이 뭉클했다. 몸 떠나면 마음도 떠나고 세월이 오래되면 다 잊는다는데…….

죽을 만큼 그리움에 아파했던 지난 세월이 아주 헛되지는 않았다는 생각이 든다. 비록 그의 말이 거짓일지라도. 이 모든 것이 제 주제를 모르고 오만했던 날의 형벌이었을지도 모르겠다. 그러나 이제는 모두 지난 일. 무지의 어리석음에서 벗어나 마음의 평정을 얻고 싶을 뿐이다. 영적으로 성숙하고 싶다.

그리움

그리운 마음
몸도 따라가야 하는 줄을 일찍이 몰랐을까

한달음에 달려와
와락 포옹하면

켜켜이 쌓인 그리움
한꺼번에 무너져내릴 것을

벼락을 맞는 듯한
이 혹독한 그리움

연장을 빌려서라도
가슴 속에서 후벼내고 싶다
마지막 한 덩이까지

다 끄집어내고
홀가분하게 살고 싶다

제 4 부

4 월 의 인사

4월이 오면

4월이 돌아오면 외할아버지 생각이 더 난다. 그리고 외할머니, 외삼촌, 불타버린 광령 집. 아무리 생각해도 납득하기 어려운 그 시간들. 무시무시한 죽창을 들고 다니던 사람들, 총소리….

그러나 이렇게 순박한 사람들에게 왜 이런 일이 일어나고 그것이 누구의 잘못인지 속 시원히 말해주는 사람은 없었다.

4월의 인사

오지상, 오겡끼데스까? 요꼬짱데스*
하늘 세상에선 뭐 하시나요?
우렁소로 밭갈이 하시나요?
요꼬짱, 지켜보고 계시는지요?
부지런히 일해도 배가 고프고
절약하고 검소하게 살아도 늘 부족하다고
하늘 세상에서도 조, 산디,** 고구마, 콩을 심으시나요?

* 할아버지, 안녕하십니까? 요꼬짱입니다."
** 밭벼.

새로 태어난 4·3의 아이

나는 이 세상에 살 자격이 없는 사람인가? 다른 아이들의 수군거림과 놀림, 비웃음이 싫어 어려서부터 세상에 있는 듯 없는 듯 투명인간처럼 살아온 게 나의 삶이었다.

그런데 2006년 9월 어느 날 제주4·3연구소에서 김명주, 고성만 위원님이 방문을 왔다. '4·3 후유장애인'이라는 말을 처음으로 알게 해준 것도 그분들이다. 믿음이 가는 분들이 따뜻한 마음으로 조심스레 유년 시절 다치게 된 사연을 물어 기억나는 대로 내 이야기를 했다. 또한 그분들은 내가 후유장애인 인정을 받을 수 있도록 서울 행정법원까지 동행하고 관공서에 자료를 떼러 다닐 때도 같이 다녀 주었다.

결국 4·3 후유장애인으로 인정된 것은 아니지만 인정이든 불인정이든 그런 계기로 내가 세상 밖으로 나오도록 해준 그분들이 한없이 고마울 뿐이다. 세상 낯선 사람들과 선뜻 말도 못 하고 그늘에 가려져 살았으니 반평생이 지나도록 세상에서는 나란 존재가 있는지조차 몰랐지 않았던가. 어린 시절 입은 몸과 마음의 상처, 그 무거운 바윗돌을 굴려낼 수 있도록 따뜻한 위로를 보여주었기에 나는 그분들에게 내 마음속 깊은 곳까지도 내보일 수 있었다. 그분들이 아니었다면 평생, 나란 사람은 이 세상 살아갈 의미가 없는 사람이라고 절망만 했을 것이다.

4·3 난리로 사람이 죽은 집은 이웃이 상대도 안 해주던 시절에는 4·3 때 가족 중 누가 죽었다는 말도 해서는 안 됐다. 모르는 사람이 내 등뼈에 대해 물으면 산밭(산에 있는 밭)에서 굴러떨어졌다고 하라고 친할머니는 귀에 딱지가 앉도록 주의를 주셨고, 나는 늘 그렇게 말해 왔다. 한국전쟁이 끝나고도 함부로 말을 하면 의심을 받는다고 조심했고, 4·3 후유장애인 신청을 하러 가서조차 조심스럽기만 했다.

이제 그 아이는 가슴 속 화농이 진한 덩어리가 되고 옹이가 되어 아프기만 하고 울기만 하는 아이는 아닐 것이다. 그분들을 만나면서 내 안에서 '4·3의 아이'가 새롭게 태어났다.

후유장애인 불인정 판결

2004년경 제주4·3사건 후유장애인으로 인정받기 위해 4·3사건 진상규명 및 희생자 명예회복 실무위원회에 희생자 신고서를 제출했다.

1948년 4월경 폭우가 내리는 캄캄한 밤에, 행방불명된 외조부를 찾으러 다니는 외조모의 등에 업혀 가다가 계곡에서 돌담이 무너져 떨어지는 바람에 허리가 골절되는 '요추부 골성 강직 및 후만증'의 후유장애가 남아 있다는 내용이었다.

그런데 2005년에, "이 사건의 상병은 3세의 어린 나이에는 발생하지 않는 질병으로 판단되므로 제주4·3사건으로 인한 상병으로 인정할 수 없어 이 원고를 희생자로 볼 수 없다."라는 판결을 받았다. 2007년 재심을 신청하고 4·3위원회를 상대로 행정 소송을 신청했음에도 결국 인정을 못 받았다. 사실 내 실제 나이는 당시 일곱 살이었는데 호적 신고가 늦어져 호적상으로는 3세였다.

　사고가 있던 그날 이후 달포가량 숨만 붙어 의식 불명의 상태로 누워 있다가 깨어났고 그 뒤로 오른쪽 허리와 양다리 허벅지 위쪽 사타구니가 당겨서 집 안에서 기어 다니다시피 생활했고, 이후 10년 동안 꼬리뼈부터 허리 세 번째, 네 번째, 다섯 번째 뼈가 조금씩 돌출되었으며, 지금은 등이 뒤로 심하게 휘어 있는 척추후만증의 모습이다.

　당시 병원에 가지 못해 진단서가 없고, 시간이 지나면서 점차 척추가 굽어졌으며, 이유는 모르겠으나 학교 학적부에 척추결핵으로 기재되어 있어, 나이가 들면서 생긴 변형으로 보인다며 후유장애인으로 인정할 수 없다는 판결이었다.

　진실이 받아들여지지 않고 마치 내가 거짓으로 주장을 한 것처럼 판결이 나자 나는 무척 상심해서 몸과 마음이 모두 아팠다. 평생을 굽은 등과 작은 키로 살아오면서 다리 저림 등 신체적인 후유증도 극심했지만, 장애로 인해 사회생활에 제약이 따르면서 친구 하나 없이 폐쇄적인 생활을 하며 생긴 우울증으로 정신적인 고통도 겪어야 했다. 그러나 병명과 부상 경험의 인과관계를 명확하게 입증하기에 60여 년이라는 시간은 너무 길었다. 여러 증거 정황과 증언은 모두 사라져버렸다. 불인정 판결은 나에겐 크나큰 좌절이었다. 죽는 날까지 하루하루 아픈 것을 견디며 지내보자는 마음뿐이었다.

　난 내가 싫다. 내 모습이 싫다. 척추가 돌출된 뒷모습 때문에 얼마나 많은 고통과 아픔에 한평생을 허우적댔는지. 4·3의 그날 밤, 폭우에 바윗돌이 내 등을 가차없이 내리쳐 곤두박질쳐진 이후 평생을 장애라는 육신의 감옥 속에 살아왔다. 내 모습을 나조차 보기 싫고 세상 사람들의 날카로운 시선이 나를 무시하고 경멸하며 조롱하듯 보는 것 같아 두렵다. 그래서 바깥세상은 상대하기도 힘들거니와 상대해야 하는 것 자체가 고통이다. 아무런 힘도 방어할 능력도 없다.

　어린 시절부터 키워온 상실감과 폐쇄적인 삶으로 고통스러운 나날이 계속되다 보니 행복할 수가 없었다. 그러나 이제는 그 어떤 괴로움과 아픔도 태연히 견뎌내는 인간이 되고 싶다. 인간의 따뜻함에 의지하려 하지 않고, 사람들에게 크게 실망하면서 상처 입은 자존심을 스스로 지키는 인간이 되는 방법은 무엇일까? 박복한 삶에서 나를 돌아보는 고요한 시간을 가질 수 있다면…. 나 스스로를 보듬어 주며 받아주고 싶다.

천지신명은 아실까?

천지신명은 아실까?
천둥 번개 치던 밤
할아버지 찾아다니다
할머니에게 업힌 채
돌무더기에 깔려 곤두박질친 것을

천지신명은 아실까?
없어진 할아버지는
그날 솔숲에서
누군가의 손에 돌아가신 것을

산이며 들로 뛰고 뒹굴던 아이가
그 밤 한 번의 곤두박질로
평생 굽은 등으로 힘겹게 살고 있다는 것을
천지신명은 아시리라

또 한번의 상처

시대의 소용돌이 속에 휘말린 사람들의 희생은 무엇을, 누구를 위한 희생이었는가? 나는 '살아남은 장애인'이라는 딱지를 붙이고 왜 평생을 그토록 고통 속에 살아가야 하나? 누군가 이 질문에 시원하게 대답 한번 해줄 사람이 있을지.

사람이 사는 세상은 서로를 신뢰하고 믿어주는 세상, 더욱이 아픈 사람들의 말은 믿어주는 세상이 되어야 하지 않을까? 행정심판소송 과정에서 후유장애인 의료 지원을 받을 욕심으로 거짓말하는 것 아니냐는 식의 질문을 받고 또 받았다. 있지도 않은 일을 내가 왜 거짓으로 신고하겠는가, 구차스럽게. 국가에서 하라고 해서 신고를 했는데 이제는 불인정이라 하니 정말 야속하다는 생각이 든다. 여기저기 알아보러 다녀도 "안 될 겁니다." 거절하는 말부터 먼저 나오니 '국가가 나를 의심하는구나.' 그런 생각부터 앞선다.

내가 4·3 당시에 다쳤다고 해도, 듣는 입장에서는 직접 눈으로 본 것도 아니니, 솔직히 나 역시 그렇게 단번에 믿어주고 신뢰할 수는 없지 않겠느냐는 생각도 든다. 국가에 이런저런 폐를 끼치려고 거짓을 늘어놓는 것으로 생각하는 사람도 있을지 모르겠다. 그러나 아픈 사람들을 권력 앞에 머리 조아리게 만드는 제도와 법. 그것은 누구를 위한 것일까?

웬만한 신원으로는 불충분하다 해서 제적 초·등본을 제출하고 그 밖에 입증할 만한 자료를 모아봤지만 그래도 인정이 안 된다고 했다. 당시 재심의 의료분과위원회에서 "부상 당시 원고가 7세였다 하더라도 그 연령에 척추 여러 마디를 한꺼번에 다칠 의학적 가능성은 매우 희박하고, 손상을 입었다면 학교를 다니는 등의 활동이 전혀 불가능하였을 것이므로 이 사건의 상병은 나이가 들면서 생긴 변형으로 보인다."라고 심사하였다. 탄원서를 내고 재판을 다시 해도 결국 기각되고 후유장애 불인정 판정을 받았다.

4·3 후유장애 신청자 중에서 열세 명이 불인정을 받았다고 하는데 다 나보다는 사정이 나은 사람들이다. 그때 기자들 앞에서 한마디 하고 싶었는데, 말은 목까지 나왔지만, 가슴이 두근거려서 참았다. 훈련이 안 되어 그런지 여러 사람 앞에서 말을 하려면 가슴부터 두근거린다. 그래서 '에이, 그거 인정받기 위해서 초라한 모습 보이지 말자!'라고 생각했다. 정말 이제 마음을 비웠다. 인정을 해주든, 인정을

안 해주든.

할아버지를 찾아다니다 돌무더기에 곤두박질치던 그 순간, 단박에 죽어버렸다면 한평생을 아픔으로 살지는 않았을 텐데. 그 뒤 깨어나서 하루에도 몇 번씩 고통이 뼛속으로 파고들 때, 그때 죽었다면 좋았을 거라는 생각도 했다. 굽은 등뼈가 한스러워 몇 번 수면제를 먹기도 하고. 그런 고비들을 다 넘기고 이렇게 살아있는 걸 보면 '그래도 살아야 한다.'라는 누군가의 계시일까?

이제 늙고 병들어 내 삶의 잔고가 얼마나 남아 있는지 모르겠다. 후유장애 불인정 판결로 큰 충격을 받고 몸과 마음이 많이 지쳤다. 매일매일 육신의 고통은 악화되어 가고 시린 무릎과 척추를 버티는 것이 점점 버겁기만 하다. 이 모든 것이 아픈 시대를 살았던 벌이라 여기며 시름겨운 삶을 내려놓고 싶다. 물처럼 흐르는 세월 위에 이 아픔도 씻어내리고 싶다. 상처 입은 조개가 진주를 맺듯이 나의 고통을 단련시키면서.

내 삶의 잔고

내 삶의 잔고는 얼마나 남았을까
연체 고지서나 독촉장이 없는 걸 보면
남긴 남은 건가
육신의 고통이 날로 더해지는 걸 보면
가불로 살고 있는지도 모른다

오늘을 담보로 벌이 없이 살아가니
늙을수록 검소해질 수밖에 없다
주어지는 대로
감사하며 살아갈 뿐

약자들의 세상

이 지구상 천지 만물 중에 서로 죽이고 살리는 것은 사람뿐이라던가. 생명은 소중하기에 그 누구에게도 함부로 하거나 홀대할 권리는 없다고 생각한다. 그러나 조그만 권력이 눈썹을 내리깔고 상대에게 허리를 굽히게 하는 게 세상이고 또 그런 세상에서 약자로 살아가기란 참으로 어려운 일이다.

어쩌다 가슴에 응어리진 화농이 풀리지 않아서인지 가슴이 아파 병원에 가면 의사를 만나는 시간은 20~30초 정도인데 의사는 이것도 긴 시간으로 여기는지 다음 사람을 부른다. 혹시 이래서 아픈 게 아니냐고 물으면 그렇게 잘 알면서 병원에 왜 왔느냐며 불편한 심기를 감추지 않는다. 간호사도 다른 사람보다 나를 오래 기다리게 하는 것 같고. 이래저래 이제는 병원에 다니지 말아야지 하는 다짐을 하게 된다.

예나 지금이나 병원이나 관공서는 겉모습으로 사람을 판단하고 약자들에게는 함부로 대하는 것 같다. 약자들은 그들을 똑바로 바라보지도 못하고 고개를 떨구어야 하니. 약자에게 세상은 두렵고 불안하고 무섭기까지 한 곳이다.

나는 평생 장애인으로 살면서 경제활동을 제대로 하지 못했다. 한 번은 세상에 뛰어들고 싶어 어느 날 큰마음 먹고 동사무소를 찾아갔다.

"제가 할 만한 일거리 좀 알아봐 주시겠습니까?"

대뜸 대답이 돌아왔다.

"할 줄 아는 게 뭐죠? 이력을 다 갖춘 서류를 가진 사람, 해외 유학파도 할 일이 없어 노는데…."

할 줄 아는 것이 없다는 것을 새삼스레 깨닫게 되기도 했지만 그들의 태도가 무섭기도 하고 또한 거절당하는 것이 두려워 두 번 다시 관공서에는 발 디디지 않겠다고 결심하게 되었다.

이런 거절의 경험은 도대체 이 사회에 내가 발 디딜 틈이라고는 없다는 생각으로 이어져서 더욱 자신을 옥죄이게 된다. 그렇게 해서 평생 사회에 발도 들여놓지 못하고 백발을 맞게 되었다.

세상의 현실은 강자에게는 너그럽고 관대하지만 힘없는 약자에겐 인색하고 그들의 존재와 요구에는 매정스럽게 눈과 귀를 닫아버린다.

나의 소망

사람답게,
나답게,
한 여인으로,
할 줄 아는 것 한 가지쯤 있는 여자로
이 세상을 살고 싶다

봄이 돌아오면 외할아버지와 외할머니, 외삼촌을 더 생각하게 된다. 그들이 왜 죽어야만 했는지 지금도 그 이유를 모른 채 해마다 4·3을 맞는다. 4·3 후유장애인의 한 사람으로서 물어보고 싶다. 4·3은 국가 공권력에 의한 사건이므로 응당 국가에서 흔들림 없는 바른 역사로 세워야 하지 않겠는가. 아무런 죄도 없이 열심히 일하며 살아가던 사람들. 왜 그들을 4·3이라는 명분 아래 무자비하게 학살했는가. 영문도 모른 채 왜 코흘리개 어린아이들이 임산부 손에 이끌려 달아나다 총탄에 쓰러졌는지를 속 시원히 말해주어야 하지 않겠는가.

인간의 존엄에 대해 세상의 권력들은 무심하기만 한 것 같다. 그런 권력에 의해 나의 외가를 비롯한 제주의 수많은 사람이 죽임을 당하고, 나는 치유할 수 없는 장애를 입게 된 것이 아닌가. 장애를 원망하고 부모를 원망하고 시대를 원망하며 평생 장애인이라는 약자로 웅크리며 살아왔지만 나는 그래도 인간의 존엄을 믿고 싶다. 나 같은 사람도 당연히 존중받고 사람답게 살 수 있는 세상이 오리라고 믿고 싶다.

만물 중에 인간으로 태어났기에 아름다움을 알고 사랑을 아는 것이 아닌가. 해마다 봄은 오고 풀은 다시 돋아나듯 인간의 사랑 역시 이 세상에서 절대 사라지지 않을 것이다. 그런 생각을 하다가 보면, 4·3을 일으킨 그 삶도 어느 한 부모에게서 태어나 부모의 사랑으로 자라지 않았을까 하는 생각으로 번진다. 맑고 순수한 영혼들을 그리도 잔혹하게 짓밟아버린 이들. 그들도 모태에서는, 인간이 지닌 순수한 감정과 영혼을 지니고 나왔을 것이다.

그 사람도

4·3을 일으킨 그 사람도
어느 한 부모에게서 태어나
부모의 사랑으로 자랐을지도 모른다

국가의 책임

　평생 세간의 따가운 시선을 견디다 보니 눈이 아픈 걸까. 옛날 어릴 적에는 저녁에 부뚜막 연기가 눈을 따갑게 해도 그때뿐이었는데 지금은 눈이 가시에 찔린 듯, 돌멩이가 들어가서 구르는 듯, 자갈이 박힌 듯, 아무튼 표현할 말이 없을 정도로 침침하고 아프다. 눈이 아프기 시작한 것은 2017년경이다.

　4·3 후유장애 인정을 받기 위해 서울행정법원까지 갔었다. 난생처음 받는 재판에 얼마나 긴장을 했는지. 서울행정법원에 가기 전날 새벽부터 눈이 아물거리고 후벼 파는 듯해서 공항 약국에 들러 안약을 넣었지만, 더 아프기만 했다. 판결 몇 마디에 더욱 놀라서 집에 온 후 안과마다 가 봤지만 노화로 그런 것이니 인공 눈물을 자꾸 넣는 것 외에는 별다른 처방이 없었다.

　재판 결과는 기각, 즉 4·3 후유장애인 불인정이며 따라서 병·의원

혜택을 취소한다는 통보를 받았다. 이제는 병원비 혜택도 못 받는구나 하고 단념하고 있는데 재판에 동행한 4·3연구소 관계자들이 기자들에게 구걸하다시피 하여 기자회견을 열었다. 불인정자도 의료 혜택만이라도 주자고 탄원을 한 결과 2014년부터 제주4·3평화재단에서 4·3 희생자 유족으로 결정되어 유족 진료비만을 지원받고 있다. 참으로 말도 많고 탈도 많았다.

의료 혜택이나마 감사히 생각하면서도 근본적으로는 국가 정부가, 제주도만이 아닌 대한민국 국가에 의한 권력 탄압으로 4·3이 발발한 것을 인정하지 않는다면 제아무리 제주도에서 책임지고 4·3 희생자들을 위해 노력을 한다 해도 후유장애를 인정받기는 힘든 일일 것 같다. 대한민국 중앙 정부가 4·3 발발은 제주도민에 의한 것이 아니라는 것을 인정하기에 이르려면 앞으로 세월이 얼마나 더 흘러야 하는지. 해마다 4·3이면, 아무것도 모르던 철부지 여자아이가 4·3으로 인해 평생 장애를 겪게 되었음이 분명한 사실이라는 것을, 천지신명은 아시겠지 하는 마음이다.

세상 사람들의 시선이 두렵고 불안하여 사회 활동 한번 못 해보고, 할 줄 아는 것 하나 없이 평생을 있는 듯 없는 듯 집 안에서만 살아온 아픔을 세상은 짐작이나 할 수 있을까? 더는 세상이 던져 주는 아픔에 괴로워도 슬퍼도 하지 않고 그저 그러한 시대와 환경을 살았던 것이 죄이려니 하련다. 세상과 부모를 원망해도 부질없음을 늦게나마 깨닫고 더러더러 잊으면서 하루하루 견디고 버티면서 오늘 하루 살아있음을 감사하며 고르지 않은 들숨 날숨이나마 쉴 수 있음을 다행이라 여기자.

올 4·3의 봄도 마당의 북향꽃처럼 혹한을 견뎌낸 강인한 모습으로 찾아온다. 짓밟혀도 새봄이면 어김없이 돋아나는 풀처럼…….

제민일보 2011년 2월 14일자 신문기사

북향꽃*

겨우내 추위를 잘 견딘 북향꽃
꽃봉오리가
춘분에 맞춰 살포시 피어나
초봄 햇살을 받는다
설한풍이 아무리 흔들어대도
여린 꽃봉오리는
얼지도 않고 떨어지지도 않는다
땅속 뿌리가 든든하게
꽃봉오리를 감싸고 있어서일까

* 목련꽃의 다른 이름. 북쪽으로 머리를 둔다고 하여 북향꽃이라고 한다.

우물 샘 마시며 산 죄

산골에서 날 밝으면 밭일 하며
욕심 없이 살아가던 사람들
띄엄띄엄 떨어진 이웃과 서로 도우며
척박한 땅 흙보다는 돌멩이 자갈밭 일구며
고구마, 조, 콩, 보리를 심고
봄 여름 가을 겨울
어느 한 철도 쉽지 않게 사는 사람들에게
죽창이며 칼이며 총이 무슨 상관이란 말인가
코흘리개 손을 잡은 만삭의 여인이
왜 방향도 모른 채 달아나야 하고
왜 총을 맞아야 하는가
말 한마디 남기지 못한 채
아무런 죄없이 죽어간 사람들
지금도 이유를 모른 채
동백꽃보다 더 붉은 피멍을 토하며
두견새처럼 울부짖었던 그날
죄라면 오직, 가진 것 배운 것 없어도
옳고 그른 것, 좋고 나쁜 것
누가 가르쳐주지 않아도

타고난 성품대로 살 줄 알던 사람들
땅거미 지는 저녁 고단한 몸이지만
늦은 저녁 지어 먹고
우물 샘 마시며 산 것이 죄란 말인가

4·3과 오늘

　　좋든 나쁘든 간에 아무런 법도 재판도 소용없는 시기였기에 사람을 죽이고 살리는 건 오직 사람만이 할 수 있었던 시절. 4·3을 일으킨 장본인은 무슨 원인이나 이유가 있기에 그토록 무자비하게 수많은 사람을 무참히 학살하고 구덩이에 몰아넣어 소낙비 퍼붓듯 총살했을까? 사람들이 하는 일들은 원인이나 이유 없이 일어나거나 생겨나는 일은 거의 없다는데. 그 와중에 어찌어찌 살아남은 사람들은 4·3이 가져다준 정신적, 육체적 후유증에 평생을 시달리며, 보이는 아픔, 보이지 않는 아픔으로 장애를 겪고 있을 것이다.

　　나 역시 지금도 공황장애가 엄습할 때면 두려움과 정신적 불안에 떨고 밤이면 바위들이 굴러 덮치는 악몽에 소스라치게 놀라 깨곤 한다. 식은땀으로 후줄근하게 옷이 젖고, 바깥 소음에도 충격을 받아 이명이 생겨서 다른 사람은 듣지 못하는 소리를 듣게 된다. 4·3이 준 후유증은 보이지 않는 신체 기관까지 엄습하여 정신적, 신경적 고통을 주기도 하지만, 나의 경우에는 무엇보다 겉으로 드러난 등(척추)이 무척이나 무겁고 뼈가 시리다. 물론 나이 들어 병들고 노화가 찾아와서 더 하겠지만. 뼛속 숭숭 뚫린 구멍은, 이제 시간이 흘러 치료는커녕 골다공증 주사제 약도 구멍을 좁히지는 못한다고 한다.

나의 삶은 과거도 현재도 4·3의 상처로 그 고통은 끝 간 데를 모른다. 나를 송두리째, 마음도 몸도 뒤바꿔 놓았을 뿐 아니라, 내게서 외가 가족 모두를 앗아가 버렸다. 나에게 4·3은 오늘의 역사이다. 아직 잠들지 않은 현재 진행형이다. 그 이유는 우선 지금 내 육신의 고통이 말해준다. 세상이, 자연이 허락한다면, 아파하면서도 숨이 끊어지는 순간까지 나를 보호하고 지켜주는 수호천사가 있었으면….

내 생이 얼마나 남았는지 알 수 없지만, 나는 4·3의 아픔을 지닌 아이가 있었다는 것을 삽화로 그려보고 싶다. 유년 시절, 천진스레 뛰놀았던 그 풍경이 그립고 보고 싶다. 달구지 타고 풀꽃 들고 서 있던 아이는 이제 없지만, 추억들은 지금도 내 삶의 원천이 되어 나를 지탱하게 해준다.

중산간 마을에 살던 모습들. 해 뜨면 밭일 들일 하다가 땅거미 지면 가느다란 저녁 연기가 부뚜막 위로 구름처럼 피어오르던 풍경. 달빛에 어슴푸레 비치는 마을 모습을 그려보고 싶다. 그 옛날 유년 시절을 두루두루 구경하게 해준 기억에게 고마워하면서.

2019년 4·3 증언 본풀이에서

벗은 등

4·3평화공원에 다녀왔다. 외할아버지 박신돌, 외할머니 신화순, 외삼촌 박재익 위패가 모셔진 곳이다. 국화꽃 세 송이로 인사를 드리고 하늘 세상에서 평안하신지 물어보았다. 모가리(일본말로 상을 완전히 치르는 시간 혹은 장소) 숲의 슬픈 영혼들이 모여 사는 하늘 세상.

그런데 평화공원에서 나의 벗은 등이 드러난 사진을 보게 되었다. 예전에 어떤 사진작가가 후유장애인 인정을 받으려면 찍어야 한다고 해서 하는 수 없이 등이 드러나는 사진을 찍은 적이 있는데 그 사진이 전시되어 있었다. 공개된 장소에서 등이 드러난 나의 모습을 보게 되자 전율이 일어나고 가슴 속 화농 덩이가 목구멍까지 치밀며 숨조차 쉴 수 없는 충격이 머리를 때렸다. 놀랍고 민망스럽고 역겹고 비참한 여러 감정이 동시에 순간적으로 나를 휘감았다.

사람들은 나를 어떤 시선으로 보는지. 나는 몇 해 전까지만 해도 이 세상에 사는 듯, 마는 듯했는데. 사람들은 내가 살아있는지조차 몰랐는데. 다 늘그막에 속살까지 드러내, 후벼 파는 아픔을 고스란히 내보인다 한들 그게 무슨 소용이란 말인가. 비참하고 아프다는 말로는 턱없이 부족한 기분이 들었다.

4·3의 후유장애인이라는 것도 인정이 안 된 상태. 더는 입증할 만한 자료도 없고. 지난 세월 동안 흘린 눈물은 바다처럼 짜고 온몸이 저리고 시리고. 최첨단 의술로도 나의 몸과 마음을 치유할 수는 없으니 숨이 끊어져야 고통에서 허물을 벗듯 끝이 나려나? 일찍 몸도 마음도 다친 나는 그 어떤 것으로도 치유할 수 없을 것 같으니 그저 하늘의 자비에 의탁해 볼 밖에…….

내 몸과 함께 살기

　문제는 내 몸한테 어떻게 비위를 맞춰야 할지 모르겠다는 것이다. 이 등뼈 때문에 엑스레이를 한두 번 찍은 게 아니다. 그때마다 의사들이 바로 누우라고 하는데, 검사대 위에 똑바로 누울 수도 없으니 얼마나 고역인지. 나이 탓으로 오는 노화의 영향도 크겠지만, 척추뼈에 조금만 충격이 가면 깨질까 봐 지금도 조심한다. 무릎은 무릎대로 시려서 보호대를 하고. 혈압약도 한 달 치씩 받다가 제주대학병원 의사가 아예 두 달 치씩 하라고 해서 그렇게 먹고 있다.

　특히 밤에 잠을 못 자니까 머리가 천근만근 무겁다. 자리에 누우면 등이 배겨서 견디기 어렵다. 살이 없어서 그런지 뼈가 눌린다. 잠도 겨우 몇십 분 깜빡할 뿐. 옛날 어릴 땐 할머니가 "아이고 야인(이 아이는) 잠자는 것도 죽은 사람인지 산 사람인지 모르겠다."라고 할 정도로 잘 잤었는데.

지금 당장 병원 신세를 지는 건 혈압약 받으러 가는 것이다. 안 그래도 평소에 문소리만 '덜컥' 나도 잠을 못 자는데, 혈압약을 계속 먹으니까 잠을 더 못 자고 있다. 혈압을 내리는 강화제가 잠을 더 못 자게 하는 것 같다. 그렇지만 혈압약은 먹었다 안 먹었다 하면 안 되고 죽을 때까지 먹어야 한다니까 안 먹을 수도 없고 망설이고 있다. 평소에 운동도 못 해 콜레스테롤 수치도 높고….

지난번에는 뇌졸중 증세로 쓰러지기도 했다. 뭐라도 조금만 하면 막 머리가 아프고, 식도염이라서 그런지 자꾸 신물이 올라왔다 내려갔다, 참 여러 가지로 많이 아프고 힘들다, 사는 것이.

어제부터 궂은비가 질척질척 오더니 천장 여기저기서 빗물이 '뚝뚝' 떨어진다. '나리' 태풍 때는 천장 슬레이트에 금이 가서 물을 양동이로 받아내다시피 했다. 태풍이 지나고 방수포를 덮어도 소용없는 것 같다. 지금 이 집을 팔려고 해도 여기가 길가가 아니니까 선뜻 사겠다는 사람도 없어 걱정이다. 지붕이라도 좀 고치려면 당장 돈이 있어야 할 것 같고….

요즘엔 자다가 안 깼으면 하는 생각이 든다. 살면서 하루에 한두 끼는 묽은 죽이라도 먹어야 하고 할머니 말마따나 손이 놀면 입도 놀아야 할 건데…. 그렇다고 일부러 죽기는 뭣하고. 아버지 돌아가신 다음에 일본에 있는 아버지 묘소에 갔을 때 "요시코도 빨리 데려가라." 그렇게 얘기했다.

사람이 그립다

호되게 몸이 아픈 날이면
공허한 그리움에 투정이 나서
보고 만질 수 있는
사람이 그립다

배고프면 장 봐다가
보글보글 끓이는 된장찌개
버섯전골 카레스튜 김치찌개
번갈아 끓이면
냄새만 맡고도
맛있겠다, 말해주는
사람이 그립다

맛나게 먹으며 도란도란 속삭이면
아픈 몸도 진정되겠지

함께 올레* 길을 산책하고
책도 읽고 음악도 듣고 영화도 보고
가끔 세상 구경도 다니고

천지 만물을
사계절 따라 둘러보며
생성과 변화와 순환을
함께 느끼고 싶다

살갗으로 느낄 수 있는
인정이 그립다

인
동
꽃
아
이

158
-
159

* 길에서 집까지 연결된 아주 좁은 골목.

나의 치유법

아무리 죽을 듯한 고통이 와도 병원에 가지 않고 버티고 견디어내다 보면 시위하던 아픔들도 잠깐씩 쉬는가 보다. 창문을 열고 푸른 하늘을 보면서 들숨 날숨을 쉰다. 푸른 하늘 맑은 공기로 폐 속을 청결하게 씻어내자. 마음속을 닦아내자. 아무리 몸뚱이가 아파도 마음으로 정신으로 몸뚱이를 대항해 보자. 나의 몸뚱이 치료는 자연이 의사이고 처방전은 그윽한 봄 향기 실은 꽃, 풀, 나무, 하늘의 달과 별이 아닌가.

난생처음 배운 '반달'이라는 동요는 나의 동무이고 나의 천사다. 죽을 만큼 아플 때면 나지막이 불러본다.

푸른 하늘 은하수 하얀 쪽배에
계수나무 한 나무 토끼 한 마리

돛대도 아니 달고 삿대도 없이
가기도 잘도 간다 서쪽 나라로

은하수를 건너서 구름 나라로
구름 나라 지나선 어디로 가나
멀리서 반짝반짝 비치이는 건
샛별이 등대란다 길을 찾아라

  하얀 쪽배를 타고 있는 사람은 없나? 빈 배라서 삿대도 돛대도 없이 간다는 건 다분히 불가능할 일. 이 세상이 아닌 나라가 있는 건 아닐까? 조각배에는 아무도 타지 않고 매여 있지 않은 배라서 가는 게 아닌가? 4·3의 가엾은 영혼들은 구름 서쪽 나라에서 이승에 후유장애인이 남아 있다는 건 아실까? 그런저런 생각을 하며 아픔을 잊어 본다.

11월의 병 자랑

얼음장같이 차고 시린 무릎
척추도 점점 약해지고
뼈는 골수가 다 빠져서 구멍이 숭숭
바늘구멍으로 황소바람이 드나드나
무더위에 무릎 싸개를 했지만
시린 기운이 여전하다

병원에 가면 약을 처방해 주지만
역류성 식도염이라나
가슴에서 산이 치켜 올라오니
약 먹기가 겁난다

혈관에 주입하는 골다공증 주사제가
숭숭 뚫린 뼈 구멍을 막는 것도 아닐 텐데
뼛속을 파고드는지
미치도록 아프게 온몸을 꼬집고 비튼다

날밤을 새우며 물에 빠진 듯 허우적거리고
열에 들떠 몸서리치는데

속속들이 온몸을 기웃거리는
잔인한 고통이
사지를 뼛속까지 후벼 판다

무엇이라도 붙잡고 의지하려 애써봐도
아무것도 없는,
낙엽 떨어지는 소리가 들리는
11월의 어느 밤

시간이, 아니 자연이
나의 의사가 되어주길 빌며
이 계절에는
무조건 감동하고
대책 없이 낭만적으로 되리라

노랗게 발갛게 온 세상을 물들이며
두려움 없이, 미련 없이 사라져가는
낙엽을 바라보며 이 아픔을 잊으리라

외로움과 두려움의 행군

외로움과 두려움을 친구 삼아 계속 걸어온 행군이었다. 현실의 모순과 세상의 비참함을 한순간도 잊지 못하고 살아왔다고 할까? 그러면서 아무것도 소유하지 않은 채 모든 것을 가지는 방법, 어떤 괴로움도 좌절도 견뎌내는 인간이 되는 방법은 없을까 하는 생각을 오랫동안 해왔다. 그런데 따지고 보면 그런 태도는 더 이상 감정적으로 상처받지 않기 위한 자기방어의 습관이 굳어진 것에 불과하다.

돌아보면 그동안 세상 사람들에 대한 실망이 너무 컸다. 가까운 줄 알았던 사람들도 돈 문제가 개입되면 완전히 딴사람이 되는 것이 세상인심이다. 인간관계에 실망할 때, 나는 마치 내가 사랑하던 한 세계가 완전히 사라진 듯 유난히 휘청거렸다. 또한 나의 내면세계와 관심사를 나눌 친구가 없다는 생각이 들어 이래저래 마음의 빗장을 걸어 잠그고 혼자 생각하는 버릇이 생겼다.

내 안에 갇힌 채 나의 속마음을 남에게, 나에게도 감추며 살았다. 견디기 힘든 감정과 갈등을 혼자 처리하고 삼키는 것이 오랜 버릇이 되었고, 현실과 사람들에게 크게 실망하면 그 상처를 몇 겹의 갑옷 안에 숨겨버린다. 예민한 감정과 자존심은 내게 인간의 따뜻함에 의지하지 말고 스스로를 완성시켜 보라고 속삭인다.

그래서 나는 지나치리만큼 냉혹하게 자신의 감정을 무시하고 억제했다. 혹독하게 스파르타식으로 자신을 단련하며 현실적인 꿈과 희망 같은 것들을 죽여나갔다. 현실에서는 행복할 수 없었고 고통스러웠기 때문에, 괴로움과 슬픔을 초월하고 아무리 강한 고통에도 굴복하지 않기 위해서 나 자신을 단련하고 확장하려 했다.

그러나 이제는 세속적인 현실의 삶과 마음속의 관념적인 추구들이 갈등을 일으켜 나를 지치게 한다. 고통에 대한 깊은 이해와 수용만이 내 상황을 받아들이게 하고 나를 바르게 지탱해줄 것이라는 생각에 이른다. 그러나 내게는 그런 지성과 객관성이 없다. 균형 잡힌 시각을 가지고 세상을 밝게 볼 만큼의 경험도 논리도 갖추지 못했고. 그러다 보니 내적인 안정만이 어떤 상황에서도 나를 붙잡아 줄 유일한 실체이며 진정한 소유라는 생각에 다다른다. 고통을 감내하며 온전한 인격으로 살아가려는 나의 지향은 때론 일상의 거친 파도에 부딪혀 아득히 멀어지기도 한다.

찢어진 꽃잎

한겨울 추위를 잘 견디고 피어난
북향꽃 고운 자태.
천천히 한 잎 두 잎 떨어지는데
갑작스런 강풍이
꽃여울*을 사정없이 때린다
꽃잎이 한꺼번에 무더기로 떨어진다.
강풍을 때려 맞아 갈가리 상처가 난
찢어진 꽃잎이 말을 건다
나 아프다
삽시간에 떨어진 꽃은
새봄이면 다시 피어나지만
4·3의 혼령들은 어찌 다시 돌아오나
구천에서 푸른 수의 자락 적시며 울부짖는
혼령들의 통한을 아느냐
북향꽃 찢어진 꽃잎이 그렇게 말을 건다

* 꽃과 여울의 합성어로 꽃무리를 뜻한다.

제 5 부

세상을 만나고 나를 만나고

달력 뒷면에 쓰기 시작한 글

일찍이 부모의 사랑 어린 가르침을 받을 수 없었던 나. 더구나 장애를 입어 남의 눈을 피해 사느라 견문을 넓힐 기회가 통 없었다. 그러기에 책으로 많은 세계와 사람들을 만나는 경험은 나에게는 더욱 소중하다. 어쩌면 세상과 나를 연결해주는 유일한 끈이라고나 할까?

탐라장애인복지관 직원이 필요한 게 있으면 말하라고 하기에 몸이 이래서 나돌아다니지 못하니 책이나 빌려 보면 좋겠다고 하니 제주도서관을 통해 책을 빌려 볼 수 있게 해주었다. 2013년부터 주 2회 제주도서관 방문 도서 대여 서비스를 받아 더욱 편하게 독서를 할 수 있게 되어 감사한 마음이다.

천 년, 이천 년 전의 성현의 말씀이 아픈 몸에 위안을 준다. 책을 읽다 보면 문득 마음이 찌르르하도록 감동하기도 한다. 가슴이 아릿하도록 곱고 순수한 언어와, 전율을 느끼게 하는 아름답고 화려한 구절들, 깊은 성찰의 구절들에 공감이 일면 따로 적어두기도 한다.

'데미안', '신곡', '까비르의 시', '레오나르도 다빈치 평전', '두보시 300수', '맹호연 전집', '서른에 법구경을 알았더라면', '나는 장자다', '그림과 함께 하는 당시 산책', '싯다르타', '상실의 시대', '인생수업', '채근담', '천년의 향기', '한시 산책', '러셀의 행복론', '러시아고대문학전집', '미움받을 용기', '어린왕자', '스스로 깨어난 자 붓다', '허난설헌', '월든', '칼릴 지브란과 차 한잔', '파블루 네루다 시선집', '몽테뉴 수상록', '반고흐 영혼의 편지', '이태백 시집' 등등….

많은 책을 읽으며 달력 뒷장에 베껴 쓰다가 낙서하듯 내 글도 끄적이게 되었다. 그렇게 달력 뒷면에 쓰기 시작한 낙서가 한 보따리다.

기억하는 모든 것이 덧없고
기억되는 모든 것이 덧없다.

- 마르쿠스 아우렐리우스

모든 사람은 오늘 현재라는 아주 짧은 순간만을 살아갈 뿐.

- 마르쿠스 아우렐리우스

순응하지 않으면 세상은 불쾌한 표정으로 채찍을 휘두른다.

- 랄프 왈도 에머슨

01

02

01. 글로 채운 노트들
02. 글을 쓴 달력 뒷장 뭉치

우리는 언제나 살기 위한 준비만 할 뿐 실제를 살지 않는다.
- 랄프 왈도 에머슨

한 알의 모래 속에서 세상을 보고,
한 송이 들꽃 속에서 하늘을 보아라.
손아귀에 무한을 잡고 한 시간 속에 영원을 잡으라.
- 윌리엄 블레이크

책을 통해 많은 더 사람들의 감정과 지혜를 만나고 싶다. 그들과 친
구가 되어 두런두런 대화를 나누고 싶다.

독서노트들

처음 받은 심리상담

2016년, 제주도와 제주문화예술재단, 제주문화예술교육지원센터 주최로 제주우분트심리상담센터에서 운영하는 '창조적 글쓰기 프로그램'에 주 1회 참여할 기회가 있었다. 자신의 경험을 기억 밖으로 꺼내어 자신의 고통과 대면하는 용기를 얻고, 묻어 두었던 아픔, 슬픔, 죄책감, 수치심, 변명 등을 꺼내어 글을 써서 다른 참여자들 앞에서 발표하고 또 수정하는 작업을 거듭했다.

그렇게 인연이 되어 제주 광역 정신건강복지센터에서 진행한 4·3 생존 희생자 및 유가족 심리지원사업에서 만나게 된 강복희 선생님. 그분께 처음으로 개인 심리상담을 받으면서 수많은 기억과 회상이 떠오르고 감정이 피어났다. 처음 만나보는 사람인데 살포시 웃음을 머금은 표정에서 따뜻함이 배어 나왔다. 마음이 보이면 행동한다는 말이 있듯이 그 따뜻함에 긴장이 누그러졌다. 손가락 마디를 감싸듯

나를 아프게 하는것들   강 양자

1) 나의 모습(기형) 자체가 아프게 한다
   (사회의 편견 · 차별 · 무시 · 버내 · 기타 등등

2) 처음부터 내가 원해서 기형 된것이 아닌데
   (4.3 사건으로 당시 8세 치료시기 놓쳐 (10개) 천추
   (그때면 치료로 수술 못한 것이 정신적 마음적
   (충격이 너무커 때때 함으로 남는다.

3) · 초등학교 때 (4.5학년) 아이들 놀림이 싫어 (편향)
   부모 반대로 기회조차 주어지지 않아 현병 중으로
   강휘 간다는 탓이 정신착란으로 죽으려 한음큼 약
   (수메제) 먹고 깨어나기 똣했고. 학인는 여러날 죽복으로
   암에 나버없 차청방문이 나는 오다주어서 겨우
   초등학교 다칠수 있었다

4) 초등 1~2년은 꽈 결석도 많아 봄소풍 · 가을소풍
   못다녀라. 담입선생님이 없고 간격에 있다.
   도시락을 병각주고 차청방문서 나의 커한 환경이
   딱하게 여기시며 꽈 보속다 주었던 그랑던
   선생님이 으러토록 기목이 남아 있다.

나를 기쁘게 하는것들.   강 영주

1) 나는 곤충 자연의 식물과 곤충(벌레)이 동물과
   어떤 것이 단팥죽을 껍질째고 나는 노랑 하양
   병아리를 삑-빛끝거리며 어미가 꽃아주는 먹이를
   실지렁이 · 지미(굼벵것) 벌레들과 논이를 통하며 (엄)
   뿔소풍구리. 딱정벌레 땅강지 반닛불이 · 처음엔
   가을이 아이는 소풍구리가 굿나는 모습 보며 깨미 봉어
   신기해 꽃잎이 반갓붙이는 몃 처법 빤짝 말려르
   꺼지지 않고 꽃으로 꺼지지 않는것이 신기해 하여
   딱풋속에는 실잠자리 못방개. 아이가 모르는 물벌레들.
   수양버들 봄에는 실잠자리와 뱀사슴이라. 나섰는듯
   여기저런 아옷것을 오르는 천부니서먼 제비꽃 늘겁게
   논앉던 기억들 봄이면 추르락을 놀이 노고지리 노는
   판갓이 게기각. 재벗과 복사꽃 피어더 가르. 하나니의
   응한가 간흘라츠. 바름닮은 평라로웠러 그러른에 삼는
   나는 사라져 앉는것인가?? 끝닛내 바구니 가득 숨찍기 따럿
   문제로 실잣던 기억들이 가슴한복판에 백혀 앉는데~~

2) 이제 늙고 쩝즐의 의리까지 향데라른 책보는것이 기쁘게
   한라 책을 읽느라고 하나 앓은 의미도 모르따서 어쩌면
   직적 허영에 의리니여 읽는게 한없이 부끄럽고 간면도하니라.

3) 처음 인동꽃 잘아 5한밤을 것이 처음이자 마지막인
   나의 경제 활동이 아니있나??

이 누르면 맥박이 심장으로, 간장으로 느껴진다는 명상을 하기도 하고, 유년 시절부터 현재까지 나의 살아온 이야기도 했다.

모든 것이 계산으로 이루어지는 세상이기에 이처럼 계산 없이 베푸는 마음이 주는 위로는 크다. 그리고 그런 위로이기에 오래 남을 수 있는 것 같다. 마치 와인 한잔의 향과 맛 같은 여운이 남는 영혼을 지닌 강복희 선생님과 함께했던 충만한 시간이 고마울 뿐이다.

어느 날은 함께 산책을 하고 차도 마시고 새하얀 물거품이 분수처럼 치솟는 바다 위 무지개를 보게 되어 아이의 마음으로 돌아간 듯 행복했다. 처음 경험하는 그 느낌이 앞으로도 오래 기억에 남을 것 같다.

심리지원사업에 참여하면서 2016~2017년 월 1회씩 하는 '행복한 동행' 프로그램에서 마련한 나들이에 몇 차례 동행하기도 했다. 붉은 오름과 거문오름을 오르고, 테마공원 '선녀와 나무꾼'에 방문했으며, 한림공원과 월령리 선인장마을을 산책하고, '반 고흐 빛과 음악의 축제'도 관람했다.

산행과 탐방

　하늘은 잿빛이고 이따금 안개비가 흩뿌렸다 말았다 한다. 조금은 우중충한 날씨. 거기다 춥기까지 하여 붉은오름 산행이 별로 탐탁지 않은가 보다. 일행들은 스틱까지 가지고 있어서 붉은오름을 오르려나 생각했는데 숲길만 조금 걷다가 이내 쉬면서 커피를 마신다.

　난 속으로 붉은오름을 올라가 보고 싶다고 생각한다. 왜 붉은오름이고 검은오름(거문오름)인가 전부터 궁금했었다. 하지만 아직 타인들과 함께 어울리는 데 익숙지 못하고 서툴다. 개인행동이 별로 허락되지 않는 것 같아 혼자 낙엽을 밟으며 걷고 있는데 누군가 살며시 내 손을 잡으며 말을 건넨다. "함께 걸읍시다." 나들이에서 처음이다. 타인이 먼저 다가와 같이 걸으면서 숲 이야기, 곶자왈 이야기를 하니 누군가과 더불어 공감하는 것이 얼마나 마음 따뜻한 것인지를 느낀다.

걷다 보니 오래전 기억이 아스라이 떠오른다. 아마 5, 6월 봄이었나. 선흘의 곶자왈을 걷는데 새하얀 때죽꽃이 숲길에 깔려 있었다. 꽃길을 밟기가 차마 미안해지던 그때, 문득 김소월의 시구가 생각났었다. 사뿐히 즈려밟고 가시옵소서….

낙엽으로 덮인 붉은오름 숲길을 함께 걸었던 가슴 따뜻한 나들이. 4·3 심리치유 프로그램에 참여하기를 참 잘했다고 나 스스로를 칭찬했다. 마음의 위안을 받게 된 것도 진심으로 감사한다. 나도 장애인 이전에 여자이고 사람이라는 사실을 새삼 느끼게 된다. 이제 심리치유의 힘을 얻어 마음 무거웠던 아픈 기억들을 하나하나 덜어낼 수 있을 것이다.

가을 향토 문학 탐방 프로그램에서 '선녀와 나무꾼' 테마공원을 방문했다. 옛사람들이 생활했던 삶의 모습을 보면서 가난한 시대의 삶이 참 힘들었겠다고 생각하며 총총 발걸음을 옮기다 나도 모르게 우와 하고 소리를 지를 뻔했다. 전시물들 사이에서 누런 노트가 눈에 띄었기 때문이다. 어린 시절 인동꽃을 팔아 받은 5환으로 손바닥만 한 누르퉁퉁한 공책과 연필을 사서 썼던 기억이 나서 가슴이 찌르르하며 눈물이 왈칵 쏟아졌다. 돈벌이라고는 난생처음으로 그 5환을 벌었던 것이 내 인생에서 처음이자 마지막이었을 줄이야.

옛날 사람들이 사용하였던 각종 농기구, 곡괭이, 삽, 낫, 호미, 골채, 멍석, 고레 방석을 보니 어린 시절의 기억들이 마구 밀려들었다. 소꿉놀이하던 곰탈(산딸기), 앵두, 찔레꽃, 복사꽃…. 그런 것들로 차린 밥상에 초대하던 내 친구들, 병아리, 땅강아지, 쇠똥구리, 바구미, 지렁이, 지네, 칠성무당벌레들…. 연못 우물엔 커다란 실버들이 늘어져 있고 거기다 버들잎 배를 띄우면 물방개, 실잠자리, 물거미들이 사공이 되어 노를 젓고, 밤이면 반딧불이를 잡으며 놀았다. 하얀 목화솜을 물레에 돌려 실을 자아 아주까리 등잔불에 심지를 밝히기도 하고. 이 모든 것이 변화하는 세상의 물결에 휩쓸려 떠내려가고 오로지 나의 기억 속에 남아 있을 뿐이다. 어쩌면 그 기억 속의 순진무구한 어린 나 또한 세상에 휩쓸려 떠내려가버린 것은 아닐까? 이 모든 것이 나의 환상인지도 모른다.

　이런저런 상념에 젖어 전시물들을 보노라니 옛사람들의 생활상을 생생하게 느낄 수 있었다. 힘든 삶 속에서도 온 가족이 도란도란 이야기를 나누고 가난하지만 즐거움도 웃음도 있었던 것 같다.

요가, 그리고 요가 선생님

　직설적으로 표현하면 서양 사람 같다. 아주 얇은 종잇장도 양면이 있듯이 동양인처럼 단아한 모습과 서양인처럼 지적인 아우라를 함께 지녔다는 느낌이 들었다. 처음 만나는 사람이었지만 경계심이나 불안감이 전혀 안 들었고 내 마음을 읽어 주리라는 믿음이 생겼다.

　보통 낯선 사람을 보면 불안과 피해의식으로 경계를 해왔는데 정녕 그렇지가 않았다. 명함을 보니 앞면에는 이제윤, 뒷면에는 '쉼과 돌봄이 있는 요가'를 지도한다고 쓰여 있었다.

　그렇게 해서 2019년 어느 봄날, 매주 목요일마다 집으로 방문하는 요가가 시작되었다. 어떤 거짓이나 꾸밈도 없고 겉과 속이 다르지 않다는 확신이 생겼기에 숨김없이 내 마음을 열어 보였다. 한편으로 부끄럽고 수치스러운 마음이 들 때도 있었지만, 일흔이 훨씬 넘어 처음으로 마음속 곪아 있는 말들을 모두 털어냈다고나 할까. 내 가슴을 무겁게 짓눌렸던 바윗돌을 천길 낭떠러지에 굴려버린 기분이었다. 누구하고도 단 한 번도 나누지 못한 소중한 경험을 하게 되었다.

신뢰를 바탕으로 한 관계 속에서 차근차근 명상과 요가를 지도받았다. 우선 자신의 몸 전체를 마음으로 보며 있는 그대로 받아들이는 정신적인 자세를 배웠다.

*숨 바라보기
*복부 힘으로 편안하게 들이쉬고 복부 힘으로 길게 내쉬기
*들숨과 날숨으로 묵은 공기를 내보내고 새 공기를 들이쉬며
 폐활량을 넓히기
*위의 과정을 7회씩 3세트 반복하기

이 호흡을 하고 나니 들숨과 날숨이 조화롭게 순환되어 숨 쉬는 것이 한결 가벼워지는 것 같았다. 평소에 척추가 굽어 있으니 숨을 쉬기 어려워 숨이 답답하고 내쉬는 숨을 몇 번으로 끊어 쉬는 버릇이 있었는데, 무엇보다 호흡을 그냥 길게 내뱉으니 시원한 기분이 들었다.

몸과 마음이 서로 나뉘지 않고 하나로 존재하는 것 같고 그 순간 근원적인 어떤 것이 저절로 느껴졌다. 이 근원적인 것은 자주 찾아오지는 않지만 무엇으로도 대신할 수 없다. 몸과 마음이 이처럼 순수하게 정화되고 충만해지는 느낌은 처음이었다. 요가 선생님의 자상하

고 사려 깊은 지도는 현재도 진행 중이다.

자세를 가다듬고 옴 만트라를 하는 시간은 그야말로 순수의 시간이라 느껴진다. 숨을 들이마시고 옴을 날숨으로 토해내는데 이것을 복부 힘으로 21번 반복한다.

옴, 옴, 옴….

옴이 우주 태초의 음이며 근원적인 만트라, 진언이라는 것은 책에서 읽어 알고 있었다. 옴의 울림이 몸 전신을 깨운다. 움츠리고 오므렸던 신경과 근육들이 옴 소리에 공명하면서 화들짝 놀라서 쭉 펴지는 것 같다. 머리에서도 옴이 울리며 온 정신에 퍼지고.

옴을 매일 아침저녁으로 반복하라고 해서 연습하다 보니 옴에 대해 조금은 터득하게 되었다. 옴이 우주의 기와 연결된, 신비롭고 경이로운 음이라는 것을 말로만 들었다. 그런데 옴 연습을 반복하다 보니 정말 심신이 안정되는 것 같았다. 정신은 맑고 마음은 고요해지고 몸은 가벼워져서 마치 공중에 떠 있는 느낌이랄까? 이런 느낌은 옴 만트라를 한다고 해서 늘 경험할 수 있는 것은 아니다. 하루하루 그날의 몸 상태와 컨디션에 따라 요가 자세도 달라지고 옴의 느낌도 다르다.

어떤 날은 유난히 귀울림, 이명이 심하다. 귀에서 세-씩-쌕 온갖 소리가 1초 간격의 높낮이로 울리면서 귀 좌우 부위가 눌리는 압박감이 심하다. 식은땀이 흘러서 온몸이 젖고. 날에 따라 경중의 차이는 있지만 늘 몸 안의 소리에 온갖 신경이 곤두서고 정신이 산만해져

집중하기가 어렵다. 몸 어디를 살짝 스치기만 해도 말미잘처럼 움츠리고 긴장하게 된다. 기운이 위로 상기되면서 마음이 하나로 모아지지 않고 불안감이 생기기도 하고.

요가 선생님이 자상하고 사려 깊게 다독여주고 바른 자세를 취하도록 잡아준 덕에 몸의 소리(이명과 귀 좌우 눌림)를 의식하지 않은 채 옴을 반복하다 보면 귀울림이 안 들릴 때도 있다. 비록 찰나의 순간이지만 몸의 안정과 가벼움, 편안함, 시원함, 고요함, 몸 안의 온갖 기쁨으로 보상을 받는다. 마음 안의 어딘가, 세상을 숨 쉬는 곳에 가 닿는 기분이기도 하다.

요가 자세를 마치고 나면 선생님은 몸이 뭐라고 말하는지, 느낌은 어떤지 들어보라고 한다. 신경이 자극되고 근육이 수축 이완을 하면서 저린 근육이 풀어지고 오므려진 근육은 펴지는 느낌이다. 때에 따라 몸이 가뿐하기도 하고 편안함, 안정됨, 얼얼함이 느껴지곤 하는데, 얼얼한 곳은 차츰 진정이 된다. 요가를 한 날은 밤에 두세 시간 편안한 잠이 들곤 한다.

그동안 요가를 하면서 정신적으로 큰 위안과 위로를 받았다. 불안도 덜어지고 심신의 안정도 얻고. 세 번씩 나누어 쉬던 날숨을 이제는 단숨에 내쉴 수 있게 되었다. 선생님이 가르쳐주신 대로 모두 따라 하지는 못했지만 배운 요가 자세 중에 한두 가지는 내 것으로 터득하게 되었으니 이 또한 기쁘지 아니한가.

선생님, 깊이 감사드립니다.

01

02

01. 바로 서는 요가 자세 연습
02. 요가 선생님과 함께

처음 밟아보는 검은 모래

세상의 따가운 시선은 종종 내 마음에 회한의 소용돌이를 일으킨다. 이 소용돌이는 몇 번을 휘감아돌아야 잔잔해질까? 그러나 스스로 다독일 뿐 다른 사람에게서 받는 위로는 턱없이 부족하다.

그런데 이런 갈증을 때때로 요가 선생님이 풀어주었다. 요가를 하면서, 카페에서 함께 차를 마시며, 산책이나 산행을 하면서, 삼양해수욕장 모래 위를 걸으며….

난생처음으로 검은 모래를 밟아보았다. 맨발로 모래사장을 밟는 감촉이란. 태양열에 달궈진 모래가 뜨거워 경중경중 뛰어가 바닷물에 발을 적셨다. 발가락 사이사이로 모래 알갱이가 빠져나오면서 물살에 사르르 씻겨 나갔다. 모래를 밟으며 걸어가면 발자국이 물결에 지워졌다. 물결에 모래가 움푹 패고 모래 이랑이 생겼다. 수십 수만 모래 이랑을 밟으며 걷는 촉감이 부드럽고 시원했다. 말로만 들었던 검은 모래 찜질을 처음 구경했다.

천막 아래 놓인 의자에 앉으니 하늘의 푸르름과 바다의 푸르름이 비슷해 보였다. 나지막이 내려온 엷은 회색 구름, 푸른 구름은 바다 수평선과 맞닿아 있었다. 하늘에는 흰 구름이 떠가고, 바다에는 물결이 일으키는 흰 포말이 부서지는 것도 서로 비슷하고. 하나가 된 듯한 온 세상을 높이높이 멀리멀리 바라보니 그지없이 아름답기만 했다. 카페로 들어와 앉아 허브차와 커피를 마시며 어린 시절 이야기를 나누니 가슴 속의 화농이 고약 없이도 삭아내려 마음이 후련해졌다.

내 인생의 소중한 한 때로 기억될 듯했다.

70여 년 만에 맨발로 걸은 삼양해수욕장 해변

산지천, 산책의 기쁨

　산지천은 70여 년 동안 근처에 사는 남녀노소의 일터였다. 이 산지천에 의지하여 남자는 물지게로 아낙네들은 빨래로 생계를 꾸려 갈 수 있었다. 아낙네들은 누런 옥양목을 양잿물에 삶아 하얗게 바래서 받은 품삯으로 식솔들을 돌보았는데 그나마 부지런을 떨지 않으면 밥을 굶기 십상이었다. 온종일 빨래할 수 있는 것도 아니었다. 짠물 민물이 섞여 하루 중 두 번 썰물 때를 맞추어야 빨래도 하고 나물도 씻고 길어다 마실 수 있었다.

　한번은 나물을 씻는데 은어들이 펄쩍펄쩍 뛰어올랐다. 첨벙첨벙 물속으로 들어가 가슴팍을 적시며 은어를 소쿠리에 건져서 집에 가져와 나물 된장국을 끓여 먹었던 기억이 난다. 아낙들의 빨래터, 물장수의 지게 터, 가난한 사람들이 커다란 주전자에 물을 길어 먹던 그 산지천은 이제 사라지고 없다. 세상 변화의 물결 따라 지금의 산지천 물은 미역도 못 감고 마실 수도 없다.

요가 선생님과 산책하는 날은 왠지 마음이 설레고 이유 없이 기분이 좋다. 솔직히 고백하면 요가보다 산책이 더 좋다. 함께 산지천을 산책할 때는 아이처럼 뛸 듯이 기쁜 마음이 되었다. 산지천 가에 서서 어린 시절 보았던 풍경을 펼쳐보았다. 보리와 유채밭 위로 물든 노을이 바람에 출렁거리다 바닷속으로 풍덩 빠지는 풍경. 어릴 때는 그게 멋지고 아름다운 줄도 몰랐다. 그냥 혼잣말로 "노을이 바닷속으로 풍덩 빠졌네." 하곤 말았다. 지금 내 마음속에 펼쳐지는 그 풍경은 더없이 아름답다.

산책이 이렇게 기쁜 이유는, 산책이 나에게는 그만큼 특별한 것이기 때문이다. 남들에게 내 모습을 보이기 싫었고 더욱이 혼자 산책을 한다는 것은 꿈도 못 꾸었다. 일흔 넘도록 자신을 있는 그대로 인정하기가 왜 그렇게 어려웠는지…. 자의든 타의든 스스로에게 입혔던 상처들이 희미해지고 마음이 굳건해지면 마음 안의 무언가가 세상과 맞닿아 연결되는 것 같다.

요가로 터득한 게 어떤 변화를 가져온 것일까? 이제는 혼자 산지천 산책을 나갈 수 있게 되었다. 거기 두 그루 서 있는 늙은 수양버들에 잠깐 기대어 어린 시절로 돌아가 본다.

딱 열 개만 그렸으면

　평소 미술에 관한 책을 보는 것을 좋아하기는 했지만 직접 내 손으로 그림을 그린다는 건 꿈에도 생각을 못 해봤다. 다만, 어릴 때 광령리에서 소꿉놀이하던 풍경이 떠오를 때면 늘 '내가 그림을 그릴 줄 알면 그런 풍경을 그릴 텐데, 딱 열 개만이라도⋯.' 하는 아쉬움과 욕심이 있었다.

　어느 날 요가 선생님에게 달력 뒷장에 쓴 글들을 보여주면서 그런 얘기를 하니, 같이 그림을 그려보겠냐고 물었다. 일주일에 한 번 화실에 나와 사람들과 어울리면서 그림을 그리면 치유 효과도 있을 것이고 또한 잘 되면 그리고 싶던 어릴 적 풍경을 그려서 책에다가 삽화로 넣을 수도 있다고 하면서. 그즈음 요가 선생님은 달력 뒷면에 쓴 나의 글들을 보고는 내게 책을 내라고 용기를 주고 있었다.

　그렇게 시작한 그림 공부. 정작 시작해보니 만만치 않았다. 그림을 그리러 가면 점심부터 먹는다. 내내 집에만 있다가 밖에 나가 여러 사람들과 어울려 분위기 있는 식당에 가서 새로운 것도 먹어보고 바닷가 카페도 가고 하니 즐거운 시간이다. 그런데 조금 멀리 다녀온 날은 막상 그림을 그리려고 하면 나도 미술 선생님도 피곤해져서 차라도 마시고 좀 쉬고 싶어진다. 그렇게 쉬려면 한 10~20분은 걸리는데 그림 그리는 시간은 한 시간으로 빠듯하게 정해져 있고…. 그래서 바로 그림을 그리려면 손에 잡히지 않아 힘들었던 적도 여러 번이었다.

난생처음 그림을 시작했는데, 엽서 크기의 그림을 그려 색을 입힌다는 게 쉽지 않았다. 기초부터 하지 않고 수채화를 하려니 제대로 되지도 않았고, 물감을 섞으며 덧칠하다 보면 그림이 얼룩져 버리곤 했다. 집에 와서 해보려고 해도 어떻게 해야 할지 막막했다. 혼자 해보려 하다가 눈코입을 잘못 그려 흉하게 되어버리기도 했고. 이래저래 마음이 불편해졌다. 그림 수업을 받기 위한 기초가 많이 부족하다는 생각이 들었다. 휴대전화의 사진을 보고 그리는데 몇 분 동안 보고 그리다 보면 휴대전화 화면이 계속 꺼져 버렸다. 목화 한 송이를 그리는 데도 세밀하게 관찰하고 집중을 해야 하련만.

그림 선생님은 그리고 싶은 것을 그려 오라지만 제대로 그리기 힘들었다. 그래서 선생님이 스케치한 걸 보면서 그리면 어떨지 제안해보았다. 내가 그린 스케치에 선생님이 색을 칠하면 어떨까 했던 것이다. 선생님 대답인즉, 그렇게 하면 선생님의 그림이 되지 내 그림이

안 되다고 했다. 물론 스스로 스케치를 하고 스스로 색도 입히면 좋기야 하겠지만, 진퇴양난이다. 눈 핑계를 대 본다. 비문증이 있어 거미줄이 시야를 가리고 시야가 흔들리기도 해서 10분 집중하기도 쉽지 않다.

이래저래 그림은 포기해야 하나 망설이는데 옆에서 요가 선생님이 짚어준다. 그림으로 일기를 쓴다고 생각하고 그려보라고. 그래서 일기 쓴다 치고 아무 생각 없이 욕심을 버리고 목화꽃을 그려봤다. 생각만큼은 아니지만 괜찮은 편이다. 다음에 그린다면 좀 더 나아지지 않을까? 그리고, 못 그리고 서툴러도 괜찮다는 마음으로 그린다. 하지만 다른 사람들이 잘 그렸다 하고 내가 보기에도 괜찮게 그린 걸 보면 기분이 좋다. 그래서 빠지지도 않고 지금까지 7개월째 열심히 하고 있다.

딸과 함께 미국 여행

어미로서 아무것도 해준 것이 없는데 늘 내게 주기만 하는 나의 딸 르네. 든든한 버팀목으로 내 곁에 있어서 내가 살아갈 수 있는, 내가 사는 이유가 되어준다. 미안한 마음도 크지만 내게는 정말 든든한 존재이다.

내가 크고 작은 아픔을 달고 사는 게 보기에 안쓰러운가 보다. 먹는 거라도 영양가 있는 것, 단백질을 섭취해야 한다며 붉은살 생선, 흰살 생선을 챙겨 오고, 이런저런 음식을 권한다. 입에 맞는 음식을 먹다 보면 식은땀과 이명도 덜해질 거라며.

르네가 아니었다면 아마 해외여행은 꿈조차 못 꾸었을 것이다. 도서관에서 책들을 빌려 보면서 특히 신들의 나라, 그리스의 아테네가 가보고 싶었다. 파리, 베네치아 같은 유서 깊은 도시들도 궁금하고. 르네는 나에게 좋아하는 것, 필요한 것이 있으면 얘기하라며 책이며 와인, 꽃을 갖다 주기도 하고, 몸이 건강하면 세계 여행도 할 수 있다고 이야기하곤 했었다.

그러던 어느 날 딸 르네가 말했다.

"우리 여행 가자. 다른 데 가보면 아픈 것도 덜 수 있을 거야."

그렇게 해서 2018년 여름, 내 생애 처음이자 마지막이 될지도 모를 외국 여행을 가게 되었다. 젊은 시절 일본을 몇 번 다녀오긴 했지만 그건 가족을 만나기 위한 것이니 내겐 여행이라고 느껴지지 않는다. 주저하는 나를 르네가 설득했다.

"엄마가 좋아하는 월든 호숫가 숲속에 가보자. 14시간 비행하며 상공에 떠 있어야 해서 힘들고 고되겠지만 한 번쯤 외국을 여행해 보면 마음에 위안이 될 거야. 아무리 책이나 음악에서 위안을 얻는다고 하지만 한순간, 찰나일 뿐이잖아. 항상 머무는 집을 떠나 넓은 바깥세상을 보면 마음의 평정을 얻어 올 수 있을지 모르니 단단히 마음먹고 갔다 오자. TV로 세계 여행을 영상으로 보는 것보다 직접 현지에 가보면 생각이 달라질 거야."

르네의 말에 설득이 되었지만, 내심 좋기만 한 건 아니었다. 나 때문에 르네가 힘들고 고생할 게 뻔했다. 그렇지만 '그래, 그래도 한번 가보자!'며 두려운 마음을 떨쳤다.

생애 처음으로 상공에서 14시간. 기내에서는 비행기 소음에 속이 뒤집혀 몸부림치는 바람에 승무원들을 당황하게 했고, 화장실을 들락날락하다가 상비약을 먹고서야 간신히 진정할 수 있었다. 솜으로 귀를 틀어막고 헤드폰을 하고 눈을 꼭 감고 견디다 보니 목적지 뉴욕이었다.

"나 아직 살아있니?"

"응, 잘 참았어."

선진국을 선도하는 거대한 도시라 그런지 볼 것도 많았는데 우선 하늘로 치솟은 높은 타워 건물들이 멋졌다. 블록마다 공원이 있어서인지 공기도 깨끗하게 느껴졌고 미소를 띤 사람들은 예의가 발랐다. 브루클린 다리의 조명이 이스트 강물에 비쳐서 만든 야경이 근사했다. 딸이 소곤소곤 설명을 붙여준다.

"<브루클린으로 가는 마지막 비상구>라는 영화가 있어. 이 다리가 그 영화에 나오는 바람에 유명해져서 현지인들뿐만 아니라 관광객들도 여길 찾아와 산책한대."

세인트 폴 성당의 저녁 미사에 가서 30분 동안 초를 들고 천상의 소리 같은 중세 그레고리안 성가를 들었다. 유엔 본부도 둘러보고 센트럴 파크 공원, 허드슨강, 엠파이어 스테이트 빌딩, 메트로폴리탄 미술관과 현대 미술관도 가보았다.

우리는 출발 전 계획한 대로 월든 호수를 향했다. 뉴욕에서 8시간이나 걸리는 곳이라 차를 빌려서 아침부터 나섰다. 차들이 밀려 가다 서기를 반복하며 겨우겨우 앞으로 나갔다. 길은 캄캄하고 도로에는 가로등도 없는 적막강산이었다. 화장실도 들러야 하는데 휴게실이 천리만리 떨어져 있어 불안하고 유령이 나타날 것만 같았다. 장시간

인
동
꽃
아
이

196
-
197

운전에 피곤한 르네에게 멀미가 난다고 투정을 부리니 휴게실을 찾아 쉬어가며 운전을 강행해서 도착하니 밤 10시 반이다.

하룻밤을 호텔에서 자고 아침에 월든 호수를 찾아갔더니 이유는 모르겠지만 오후 2시에 개장이라고 했다. 개장 시간을 기다릴 겸 부근의 조그마한 역사박물관으로 가서 미국이 독립하기 훨씬 전 사람들의 생활상을 보았다. 전통 복장의 안내인이 설명을 하는데 영어를 모르니 알아듣진 못했지만 우리나라의 물레나 디딜방아와 비슷한 것들, 또 갈쿠리, 낫, 호미와 같이 우리 민족이 사용하던 농기구와 흡사한 것들을 보니 무척 반가웠다.

월든 호수에는 쓰레기가 둥둥 떠 있고 그런 채로 수영복 차림의 아이들이 놀고 있었다. 앉을 만한 자리도 없어서 어안이 벙벙했다. 책에서 읽던 200여 년 전 월든 호수만 생각한 것이다. 천연의 월든 호수는 언제부터 더럽혀졌을까. 사전에 알았더라면 오지 않았을 텐데. 장시간 운전해 온 보람이 없어 기가 막혔다. 법정 스님도 두 번씩이나 월든 호수를 찾아왔었다는데…. 소로우가 이런 호수를 보았다면 뭐라고 할까? 소로우가 살았던 월든 호수를 만나고 싶었는데…. 책에서 읽은 월든 호수는 바다처럼 넓고 강꼬치고기도 노닐었는데….

호수는 생각 말고 숲 둘레길이나 걸어보기로 했다. 둘레길을 걷다가 소로우가 살았던 터와 묘소를 보고 소로우 기념관으로 들어갔다. 안에는 동상이 있었고 방에는 책, 걸상, 군용 담요가 깔린 침대가 있었다. 기념관에는 200여 년 전 이 호수에 살았던 강꼬치고기의 표본이 있었는데 소로우보다 키가 더 컸다. 소로우가 채집한 식물 표본들, 그의 일기들도 보았다. 기념관에서 월든 호수의 본래 모습을 보고 나니 그래도 여기까지 온 보람이 있다 싶었다.

호수 가운데 깊은 곳은 수영이 금지되어 있고 숲으로 둘러싸여 있었다. 리기다소나무, 상수리나무가 호수에 비쳐 만드는 그림자가 멋있었다. 나중에 알았지만 방학이고 휴가철이라 놀이터와 수영장으로 개장한 것이었다. 주차료를 받기 위해서라나. 아무리 선진국이라도 자연을 오염시키면서 돈벌이하는 상술은 동서고금을 막론하고 마찬가지라는 생각이 들었다.

내 생애 처음이자 마지막이 될지 모를 미국 여행. 마치고 나니 참 잘한 것 같고 이 모든 것을 가능하게 해준 딸 르네에게 한없이 고마울 따름이다.

깨달음이라는 처방

　나는 오랜 세월 천하에 몹쓸 이 척추 때문에 세상의 따가운 시선과 멸시를 받아왔다. 그러나 고통스러운 건 남의 시선과 멸시만이 아니다. 처방으로도 의료기기로도, 영상의학으로도 더 이상 어떻게 할 방법이 없다는 것을 알면서도 내 몸뚱이를 받아들이고 인정하는 데 오랜 세월이 걸렸다. 일찍 포기하고 단념했다면 가슴에 옹이가 박히는 고통은 덜했을 텐데.

　세상이 주는 아픔보다 나 자신이 스스로에게 위협을 가하는 학대가 더 큰 아픔이었음을 깨닫게 된다. 이 깨달음이 아픔을 덜어주는 의사이고 처방이 아니겠는가? 부모를 원망하고 세상을 원망하며 살다 나이 들어 평생 고통을 짊어지고 살아온 세월. 이제는 조금씩 내려놓자.

　세상 밖과 만나 상대하는 일 없이 평생을 내 안의 아집의 범주에서

만 살면서, 왜 세상 밖의 온갖 상처를 겹겹이 껴입고 살았는지. 상처의 무게에 짓눌려 괴롭고 슬퍼서 울고, 아파서 울고. 괴롭고 지쳐 딱지 진 상처는 셀 수 없이 덧나고. 이 딱지를 떼어내려, 아니 속살까지 드러나도록 뱀이 허물 벗듯 벗어버리려 발버둥쳐도 이 고통에서 헤어날 수가 없었다. 신의 노여움을 산 시지프스가 바윗돌을 언덕 위로 굴려 올리는 형벌을 받는 것처럼 내가 아닌 나를 인정해 보려고 몸부림쳤었다.

자신의 아픔은 스스로 치유해야 한다는 것을 지금에야 깨달았다. 타인의 인정을 얻기 위한 인정욕구를 어디에서도 채울 수 없음을 늦게서야 알아차렸다. 타인에 대한 기대가 한없이 부끄럽고 후회스러웠다.

삶은 여정일 뿐 정착지가 없다. 언젠가 우리는 어떤 정착지에서도 떠나야 하며 어떤 만남과도 헤어져야 한다. 살면서 모든 것에 초연하면서도 동시에 무한한 애정을 가질 줄 알아야 한다. 인연의 소중함과 신비로움, 인간관계에 대한 신의와 책임과 용기를 나의 삶에서는 볼 수 없었고, 나의 닫히고 황폐한 마음과, 냉정하고 무감각하게 굳어버린 마음속 상처만을 확인할 뿐이었다. 스스로 쌓아 올린 벽 뒤에 숨었기에 어느 누구도 진정한 내 모습을 볼 수 없었다. 행복한 삶에 꼭 필요한 순수함과 따뜻함도, 인간의 한계를 초월하고 고통을 잊으려는 노력에 짓밟혀버려 어디에서도 찾을 수 없었다.

현실에서 고통과 슬픔을 견디려면 무한한 단련이 필요하다. 그 어떠한 괴로움과 아픔도 태연하게 견뎌내는 인간이 될 수 있는 방법은 무엇일까? 사람에게 실망하고 상처 입은 자존심을, 인간의 따뜻함에 의지하려 하지 않고 스스로 지켜낼 수 있는 인간이 되는 방법은 무엇일까? 사람에게 실망하지 않고 스스로 지켜낼 수 있는 인간이 되는 방법은 무었일까? 모든 것에 초연하면서도 동시에 무한한 애정을 가질 줄 아는 인간이 되기 위한 여정은 오늘도 계속된다.

후기 · 연보

우리의 특별한 인연

이제윤(요가 지도자)

   강양자 님과 나의 인연은 요가로 시작되었다. 주 1회 만나서 하는 요가를 거의 3년 가까이 하다 보니 자연스레 서로 가까운 친구가 되었다. 함께 산책과 나들이도 하고 또 같은 화실에서 그림을 그리다가 결국 나는 이 책의 출판을 도와드리는 역할도 하게 되었다. 이제는 그분과 딸 모녀, 우리 엄마와 나, 두 모녀가 가끔 만나 식사와 차를 나누는 가족 같은 사이가 되었다.

   강양자 님을 처음 만난 날을 또렷하게 기억한다. 나이 육십을 넘기면 봉사활동을 통해 새로운 세계와 사람들을 만나자고 생각해왔기에 탐라장애인복지관에 방문요가 봉사를 신청하였다. 키가 내 가슴 정도 되는 자그마한 할머니를 처음 대하고 전혀 낯설거나 어색하지가 않았던 것은 앞날의 깊은 인연 때문이었을까?

혼자 사시는 작은 주택은 집안 곳곳이 정갈해서 주인의 깔끔한 성격을 잘 보여주었다. 그분은 자신이 과연 요가를 할 수 있을지 걱정이 된다고 말씀하셨고 장애인 요가 지도 경험이 없는 나 또한 팔십이 가까운 척추 장애 할머니가 요가를 어느 정도 할 수 있을지, 또 어떤 프로그램으로 접근해야 할지 막막했다. 하지만 서서히 서로를 알아가며 적당한 지점을 찾아 나갈 수 있었다. 어떻게든 움직여서, 죽는 날까지 스스로 걸어 다니겠다는 각오로 꾸준히 운동을 해오신 할머니, 하지만 그즈음 건강 상태가 좋지 못해 역류성 식도염에다 이명과 두통에 시달리고, 밤이면 땀이 흘러서 몇 번씩 옷을 갈아입을 정도였다. 치료를 위해 병원이며 한의원으로 찾아다니지만 별 차도가 없어 안타까운 상황이었다.

아프거나 트라우마를 가지고 있는 몸과는 친밀한 관계를 이루기가 쉽지 않고 몸을 느끼고 바라보는 것에조차 저항감을 가지게 되기 마련이다. 나도 요가를 처음 시작할 무렵, 몸을 느끼면 온몸 여기저기서 통증이 바로 느껴져서 요가 중 몸 바라보기를 싫어했던 경험이 있다. 강양자 님이 요가를 통해서, 트라우마가 있는 몸과 친해지고 화해하는 과정, 몸과 마음을 있는 그대로 받아들이는 과정을 경험했으면 했다. 이를 위해 몸을 이완하고, 천천히 움직이고, 감각을 느끼며, 움직임 후에는 변화를 느끼고 그것을 말로 표현해 보는 것을 매번 반복했다.

그동안 혼자서 가만히 앉아 있는 명상을 해오던 분이어서 그런지 자세도 잘 취했고, 몸과 마음의 변화를 느껴보는 시간에는 감각을 잘 느끼고 또 그 느낌도 잘 표현하셨다. 예를 들어 발가락과 발을 움직이고 나면 발가락과 발, 다리 안에서 움찔움찔 뭔가 움직이는 것 같다거나, 근육을 수축했다 늘렸다를 반복하고 나면 그 부위가 가벼워지고 힘이 생기는 걸 잘 느끼셨다. 요가를 마칠 때면 마음이 가볍고 평온해졌다는 말을 자주 하셨다.

첫 시간에는, 호흡이 늘 답답하다고 호소하셔서 자세히 관찰해보았다. 숨이 답답하다 보니 들숨은 짧게 들이쉬고, 입으로 날숨을 짧게 나눠 내뱉는 습관이 있다는 것을 알게 되었다. 요가 시간마다 매번 자신의 답답한 호흡을 느껴본 후, 입을 빨대에 대고 날숨을 쉬는 것처럼 입으로 부드럽고 길게 내쉬는 연습을 반복하였다. 그 효과로 숨이, 코로 들이쉬고 내쉬는 정상적인 숨으로 바뀔 수 있었고 아울러 날숨이 길어져 신경계도 안정될 수 있었다.

그리고 옴 만트라 명상을 특히 좋아하셨다. 날숨과 함께 옴 소리를 내면 호흡에 집중도 잘되고 날숨이 길어지고 마음도 안정되는 명상 효과가 있는데, 요즘도 아침에 일어나면 옴 만트라 명상을 하신다고 한다. 2년여의 요가로 장애가 있는 몸과 마음의 트라우마가 어느 정도 변화되었는지, 몸과의 긍정적인 관계가 어느 정도 형성되었는지, 마음에는 어느 정도 힘이 생겼는지 확인할 길은 없지만 요가 자세, 호흡, 명상을 편안하고 즐겁게 하신 것은 틀림없다. 지금 생각하면 부족한 것, 아쉬운 것 천지다. 책 출판을 도와드리며 내 일이 많아져 요가를 중단한 것이 특히 아쉽다. 다시 요가를 함께 할 수 있는 날이 오기를 기대해 본다.

이분이 요가보다 더 좋아한 것은 나와 더불어 바람을 쐬는 일이다. 평생을 친구도 없이 고립 속에서 살아왔으니 누군가와 함께, 좋아하는 숲이나 오름을 걷고 산지천 산책이며 카페에서 차 마시기가 무척 즐거웠던 것이다. 여름에 삼양해수욕장에 가서 맨발로 해변을 찰랑찰랑 걸어 다니면서 70년 만에 물에 발을 담가봤다며 좋아하시는 모습을 보니 가슴이 아팠다. 집에서 2, 30분이면 오는 이곳에 혼자서는 오실 수 없었을 것이다. 장애라는 유형, 무형의 틀에 갇혀서 자신이 속해 있는 세상을 만나지도 느끼지도 못하고, 다른 사람들과 어울리는 평범한 일상도 누리지 못한 채 평생을 살아오시다니….

이러저러한 기회에 많은 이야기를 나누다가, 달력 뒷장과 한지에 낙서하듯 써오신 한 보따리의 일기와 시, 수필 등의 글들을 보게 되었다. 몸을 다치기 이전 유년 시절 제주의 자연과, 그 속에서 천진난만하게 뛰놀던 아이의 모습을 글과 그림으로 엮어 책으로 내고 싶다는 소망을 품은 지가 오래라고 하셨다.

제주의 하늘, 바람, 꽃들, 곤충들, 병아리들은, 부모도 친구도 없이 자라던 아이의 유일한 친구였다. 이분의 유년 시절의 이야기를 따라가노라면 자연 속에서 자연 그 자체로 살아가던 아이의 모습이 쉽게 연상되었다. 그 아이에게 자연은 평생 잊을 수 없는 풍성한 친구였고 어려움을 버티며 살 수 있게 한 삶의 자원으로 깊이 자리 잡았다. 트라우마를 이겨내는 방법의 하나는 자신에게 힘이 되는 자원을 마음속에 떠올리는 것이라고 한다. 강양자 님이 글을 쓰고 그림을 그려 책을 내는 과정은, 이러한 내면의 자원을 되살려서 삶의 어렵고 힘겨운 것들과 균형을 맞추려는 또 다른 자연의 힘이 아니었을까?

제주4·3은 부모 대신 의지해 살아가던 가족이었던 외할아버지와 외할머니를 빼앗고, 유년 시절의 보금자리이던 광령리 집을 불태웠다. 그리고 평화로운 유년 시절을 끝내게 했고 무엇보다 평생을 장애라는 굴레에 갇혀 고립된 삶을 살아가도록 했던 결정적인 사건이었다. 4·3의 역사는 할머니의 삶에 깊이 들어와 삶 전체를 규정지으면서 분노, 우울, 자기혐오, 무기력 속에서 살게 했던 씻을 수 없는 상처가 되었다. 오랫동안 입 밖에 내서는 안 되는 일, 왜 다치게 되었냐고 물어도 선뜻 대답하지 못하고 숨겨야만 하는 사건이었다. 4·3 피해자로서, 장애인으로서, 여성으로서 살아오면서, 평생 하고 싶던 그 이야기들을 글로 그림으로 표현하려는, 그리고 표현하는 이런 과정은 자신의 삶을 소화하고 받아들이기 위한 처절하고 성실한 몸부림일 것이다.

2004년 강양자 님은 4·3사건 희생자신고서를 냈지만 2005년 "4·3사건으로 인한 상병으로 인정할 수 없어 희생자로 볼 수 없다."는 희생자 불인정 판결을 받았고 2008년 재심 및 행정소송 청구도 기각되었다. 마치 거짓말로 피해를 주장하는 것처럼 불인정 판결을 받자 이루 말할 수 없는 실망과 좌절을 겪으며 건강도 나빠지기 시작했지만, 다시 일어서고자 몸부림치며 책을 읽고 달력 뒷장에 글을 쓰기 시작했다. 또 그동안 고립되어 집 안에서만 머물다가 여러 프로그램에도 참여하는 등 조금씩 세상으로 발을 내디디게 되었다.

당시 책을 집으로 가져다주는 제주 도서관의 방문 도서 대여 사업을 통해 빌려 본 책 목록을 노트에 적어놓은 것을 본 적이 있는데 독서의 폭과 깊이가 웬만한 사람들이 따라가지 못할 정도여서 깜짝 놀랐다. 딸을 르네라는 애칭으로 부르게 된 것도 르네 데카르트의 책을 읽고 마음에 들어서라고 한다. 책을 읽고 글을 쓰는 작가의 길은 하루아침에 만들어지는 것이 아닌가 보다. 2009년 제주4·3연구소에서 발간한 《그늘 속의 4·3》에 실린 '내 몸한테 어떻게 비위를 맞춰야 할지 모르겠어요'는 강양자 님의 구술 원고이다. 이어 2016년 지역특성화 문화예술교육 지원사업으로 우분트에서 운영한 '창조적 글쓰기' 프로그램에 참여하여 《삶의 정원을 거닐다-우리들의 소소한 이야기》에 실린 '4·3의 물레 아이'를 썼다. 2020년 4·3 트라우마센터 예술치유프로그램 작품집 《그리움의 안부를 묻는다》에 실린 글 '나를 아프게 하는 것들, 나를 기쁘게 하는 것들'도 강양자 님이 직접 쓴 이야기다. 개인 심리상담도 받고, 다른 사람들과 나들이도 가고, 캘리그래피 등 프로그램에도 참여하며, 요가를 하고 그림을 그리게 되는 일련의 과정은, 강양자 님에게는 세상으로 나와 발을 내디디는 삶의 큰 전환이 되었다.

이런저런 글들을 책으로 엮어낼 수 있을 것 같아서 책 출판을 구체적으로 계획하면서 그림 그리기를 권했다. 책에 삽화를 곁들이고 싶다는 것이 이분의 소망이었기 때문이다. 2021년 내가 그림을 배우던 황신비 선생님께 강양자 님의 개인지도를 부탁드려 7개월간 어린 시절 자연의 그림들을 그리셨다. 사실 그림을 그려본 경험이 전혀 없는 분이, 당신이 그리고 싶은 것을 수채화로 바로 그린다는 것이 쉬운 일은 아니다. 중국 태생의 서른 살짜리 선생님과 여든이 다 된 제주 할머니가 함께 그림 작업을 하자니 소통조차 쉽지 않았을 것이다. 그림이 뜻대로 안 된다며 답답해하기도 했지만, 옆에서 보기에는 대단한 작업이었다. 노년에 글도 쓰고 그림도 그려 그동안 숨겨져 있던 예술적 재능을 드러내는 책을 내게 되다니 무척 기쁘고 한편 감격스런 일이다.

언젠가는 대화 끝에 그래도 좋은 일, 행복한 일도 있지 않았을까 싶어 여쭤보니 단 한 번 깊은 사랑을 나눈 이야기를 해주셨다. 또 삶의 든든한 뿌리가 되어 준 딸의 이야기도 들을 수 있었다. 장애를 입은 후 약한 몸으로 살아가면서 주변의 놀림과 멸시의 눈길 속에서 자존감을 지키기란 쉬운 일이 아니었을 것이다. 또한 자신을 스스로 책임지는 경제활동을 할 수 없었던 것은 강인한 제주 여성으로서는 받아들이기 어려운 일이었을 것이다.

인동초 꽃을 말려 팔아 당시 5환을 벌어 학용품을 샀던, 유일한 경제활동 이야기를 여러 번 들었다. 나이가 들어 친할머니의 밭일을 도와드리기도 했지만 이분의 삶에서 인동초로 번 돈은 자신의 독립적인 존재 의미를 확인시켜 준 커다란 사건이었을 것이다. 이 책의 제목이 '인동초 아이'가 된 것에는 그런 맥락이 있다.

강양자 님께 왜 책을 내고 싶었냐고 물은 적이 있었다. "무엇보다 유년 시절 자연 속을 뛰놀며 행복했던 추억을 되살려 보고 싶고, 또 4·3으로 한 사람의 인생이 어떻게 영향을 받았는지, 그리고 여성 장애인으로 살아가는 모습이 어떠한지 다른 사람들과 그 이야기를 나누고 싶어서."라고 하셨다. 내가 할머니 책을 내도록 도와드리는 일을 감당하도록 여러 조언과 힘을 주신 김신숙 작가님과 함께 왜 강양자 님이 책을 내도록 돕고 있는지 이야기를 나눈 적이 있었다. 결론은 "할머니가 책을 내고 싶어 하시니까."였다. 그렇다. 다른 무슨 이유가 있을까? 이 많은 글들에 담긴 강양자 님의 이야기를 없는 것처럼 대할 수는 없어서, 그대로 묻혀 버리게 둘 수는 없어서일 것이다.

4·3을 겪고 살아남은 사람들이 자신의 삶을 관통해 온 고통과 상처들이 어떤 의미가 있는지를 성찰하고 그것을 언어화하는 작업은 스스로를 치유하는 과정이 될 것이다. 이제 강양자 님이 사회가 씌운 4·3과 장애라는 굴레로 묶여왔던 끈들을 스스로 풀고 세상과 어울려 자유롭게 살아가시길, 고난을 통해 얻게 된 깨달음으로 더 큰 지혜의 길로 나아가시길 소망해 본다.

또 이런 삶의 이야기들은 세상 사람들, 그리고 후대의 사람들이 개인의 구체적이고 현실적인 삶 속에서 4·3을 더 깊이 느끼고 이해할 수 있게 해줄 것이다.

이 책이 나오기까지 많은 분들이 손을 보탰다. 흩어진 글을 하나로 엮어, 책으로 빛을 보게 해주신 고혜경 작가님, 흔쾌히 봉사에 가까운 그림 지도를 수락해주신 황신비 화가님, 책을 매끄럽고 따뜻하게 만드는 데 재능을 기꺼이 기부해주신 아트디렉터 권유연 님, 제주4·3연구소 허영선 소장님, 제주4·3평화재단의 조정희 님, 송지은 님, 어려운 출판을 결정해주신 한그루 출판사, 십시일반으로 출판기금을 모아주신 여러분들의 힘이 모여 이 책이 만들어졌다. 저자와 함께 감사의 마음을 전한다.

요가하는 강양자 님(그림 이제윤)

이제 그대를 안아드리겠습니다

황신비(화가)

2021년 어느 목요일, 봄꽃들이 떨어질 무렵이었다. 화실 안쪽 작은 테이블에는 노랗고 아담한 해바라기 꽃이 피어났다. 기분을 산뜻하게 만들어 주는 풍경이다. 나도 설레는데 그대는 오죽할까. 고개를 들어 해바라기 꽃을 한참 쳐다보는 그대의 뒷모습이 나는 왠지 슬프다. 돌아서 있는 그대 등 뒤에서 나는 몰래 눈물을 훔쳤다.

나의 미술 수강생 강양자 할머니.

여느 어른들처럼 그대의 옆으로 다가가 "꽃이 예쁘죠?" 하고 눈을 맞추며, 손을 잡아주고, 미소를 지으면서 따뜻한 말 한마디 더 해드릴 수 있는 온기 가득한 장면을 나는 만들어드릴 수 없었다. 나는 황급히 "화장실 좀 다녀올게요."라고 하며 화실 밖을 나와 한참을 울다가 눈물을 닦아내고 다시 화실로 들어가서는 아무 일도 없었던 것처럼 커피를 내렸다.

어른처럼 따뜻하게 그대에게 다가가 손잡아 드릴 수 있었는데 그러지 못했던 까닭은 무엇이었을까? 수업하는 기간 동안 더 챙겨드릴 수 있었는데 그러지 못했던 진짜 까닭은 도대체 무엇이었을까? 나 자신에게 묻는다.

그때 당시 우리 둘은 서로에게 어른으로 존재할 수 없었다. 4·3사건의 피해로 장애를 입으시고 평생을 체념하는 마음으로 살아온 80대 할머니 강양자. 중국 국적에 기찬 반항아로 자라 스스로 학업을 포기하고 18살에 독립하여 세상의 온갖 쓴맛을 다 보며 외롭게 살아온 30살 황신비.

그대와 나 사이에 문화 차이와 세대 차이가 있음은 물론이고, 각자 살아온 세월의 길이는 다르지만 평생 수많은 편견, 질타, 오해 속에서 싸워왔기에 상대에 대한 배려심보다는 피해의식과 이기심이 자리 잡혀 있었던 것 같다. 세상에 대한 호감보다는 체념의 감정으로 더 오랜 시간을 버텨왔기에 우리는 조금 닮아있는 어린아이였다.

그대와 나의 만남의 이유를 지금 이 글을 써 내려가면서 비로소 깨닫는다. 이제는 늘 나를 움츠러들게 했던 것들에서 벗어나 조금은 넓은 마음을 내어 진정한 어른으로 살아가야 할 때가 온 것 같다. 그대를 보면서 나를 다시 알아간다. 더 일찍 어른으로 다가가지 못했던 내가 부끄럽다.

다음 주 목요일 그대를 만나러 제주도로 떠난다. 그땐 어른이 되어 그대 손 꼭 잡고 안아 드리고 싶다.

쑥스러워서 강양자 할머니께 하지 못한 말이 있습니다. 제주도에서 사는 동안 저에게 가장 기다려지는 시간이 매주 목요일이었습니다. 제 삶에 행복을 더해주셔서 감사합니다.

강양자 연보

1942년   일본 오사카에서 태어남.

1945년   해방 직후 부모와 함께 귀국하여 1945년 7월 5일 출생으
             로 호적을 만듦.

1946년   다시 일본으로 돌아가려고 밀항선을 타러 가던 중 혼자
             남겨져 제주 광령리 외가에서 살게 됨.

1948년   4·3 발발 후 실종된 외할아버지를 찾으러 산에 갔다가 척
             추를 다침(실제 나이 7세). 외할아버지는 산에서 토벌대
             에 의해 죽임을 당함.

1949년   4·3으로 소개령이 내려지면서 광령리 집이 불타고 외조
             부모, 외삼촌이 서에 끌려가 총살되어 납읍 친가로 옮겨
             짐. 이후 조모와는 1988년, 돌아가실 때까지 같이 삶.

1953년   제주 남국민학교 입학(실제 나이 10세).

1956년   일본으로 밀항 시도하나 실패함(실제 나이 13세).

1959년   신성여자중학교 입학.

1965-6년   일본에 가서 부모를 만나 6개월간 머묾.

1969년   딸 출산.

1989년   일본 거주 남동생의 도움으로 현재 거주하는 탑동 주택
             구매.

2004년   제주4·3연구소와 면담 시작. 4·3사건 진상규명 및 희생
             자 명예회복 실무위원회에 희생자 신고서 제출.

2005년	위 위원회에 의해 희생자로 볼 수 없다는 판결을 받음.
2007년	재심 및 행정소송 신청함. 의지해왔던 남동생이 뇌졸중으로 사망하여 충격을 받음.
2008년	행정소송 청구가 기각됨.
2009년	4·3 체험자들의 구술 자료집《그늘 속의 4·3》(제주4·3연구소 刊)에 구술원고 수록. 달력 뒷면에 글을 쓰기 시작함.
2013-6년	'방문 도서대여 사업'으로 제주도서관에서 책을 빌려 보며 독후감을 씀.
2014년	4·3 희생자 유족 진료비 지원이 개시됨에 따라 그 수혜자로 인정되어 수령을 시작함.
2016-7년	제주우분트심리상담센터에서 운영한 주 1회 '창조적 글쓰기 프로그램', 제주도 광역정신건강복지센터 주최, 4·3 생존희생자 및 유가족 심리지원사업으로 실시한 개인심리상담과 월 1회 '행복한 동행' 프로그램 참여.
2019년	제주4·3평화재단 선정 제주 4·3 어버이상 수상, 제주4·3연구소 주최,《그늘 속의 4·3》그 후 10년 "나는 4·3 희생자입니다" 증언.
2019-21년	주 1회 집에서 요가 선생님과 요가 수련.
2021년	황신비 개인 화실 '신비화실'에서 책에 들어갈 수채화 그림 작업.
2022년	그림과 시가 있는 자전적 에세이《인동꽃 아이》발간.

도움 주신 분들

글·그림 강양자

1942년경 일본 오사카에서 태어났다. 종전 직후 부모와 함께 제주로 귀향했지만 딸을 남겨두고 부모는 다시 일본으로 밀항했다. 그 후 외가에 맡겨져 7세 때 4·3을 겪었다. 그 과정에서 부모를 대신했던 외가 식구들은 모두 희생되고 강양자는 부상을 당해 굽은 등의 척추장애인이 되었다. 외가 가족 모두 4·3 희생자로 인정되었지만 강양자는 후유장애를 인정받지 못했다. 몸과 마음에 새겨진 4·3의 트라우마로 평생을 집 안에서 자폐적으로 살아오다 노년에 이르러서야 책을 읽고 글을 쓰고 그림을 그리며 닫힌 문을 열고 세상 밖으로 조금씩 나오게 되었다. 현재 제주 탑동에서 혼자 살며, 이 책을 통해 세상과 다시 만나기를 소망하고 있다.

인동꽃 아이

2022년 10월 20일 초판 1쇄 발행

글·그림   강양자
펴낸이   김영훈
편집   김지희
디자인   이은아, 나무늘보
펴낸곳   한그루
          출판등록 제6510000251002008000003호
          제주특별자치도 제주시 복지로1길 21
          전화 064-723-7580   전송 064-753-7580
          전자우편 onetreebook@daum.net 누리방 onetreebook.com

ISBN 979-11-6867-049-5 (03810)

값 15,000원